**Début d'une série de documents
en couleur**

BIBLIOTHÈQUE MODERNE

LA NOCE
A GÉNIE

PAR

EUGÈNE HÉROS

PARIS

JULES LÉVY, LIBRAIRE-ÉDITEUR

2, RUE ANTOINE-DUBOIS, 2

—

1885

Fin d'une série de documents
en couleur

LA NOCE A GÉNIE

ᴘ. AUREAU. — IMPRIMERIE DE LAGNY

LA NOCE
A GÉNIE

PAR

EUGÈNE HÉROS

PARIS

JULES LÉVY, LIBRAIRE-ÉDITEUR

2, RUE ANTOINE-DUBOIS, 2

—

1885

LA

NOCE A GÉNIE

A Francis ENNE.

I

La boutique du fruitier Joseph Limou, au coin de la rue de l'Échiquier et du faubourg Saint-Denis, présentait un spectacle inaccoutumé.

Quoiqu'on fût en semaine, et qu'il n'y eût aucune fête marquée au calendrier, les volets étaient mis à la devanture et cachaient les légumes et les fruits étalés d'habitude aux regards du public.

Seule, la porte entr'ouverte laissait voir dans la demi-obscurité de l'intérieur un grouillis de monde avec des voix qui se croisaient, se cho-

quaient, et formaient un tapage des plus assour-
dissants.

Ils étaient bien là une trentaine; les femmes
assises sur les rares chaises de l'établissement;
les hommes debout; tous en toilette : redingotes
et jaquettes des dimanches, chapeaux brossés
avec soin, châles aux couleurs éclatantes, robes
de soie tirées de l'armoire pour les grandes occasions; et, sur les mains, sur les cous hâlés par le
soleil et le travail, le linge blanc fortement em-
pesé venait mettre sa note claire et gaie.

Dame! c'était le mariage de la fille aux Limou,
et chacun voulait par sa tenue faire honneur à la
famille.

— « Eugénie ne descend donc pas? dit un petit
blond en habit et en gants blancs avec une légère
moustache dont les pointes cosmétiquées sem-
blaient menacer le ciel. »

— « On voit bien qu't'es l'marié, Anatole, pour
être si pressé qu'ça, s'écria un grand gaillard qui
buvait un verre de vin blanc sur le comptoir du
fruitier. »

— « Tiens, j'comprends ça, ajouta un autre;
moi, le jour de mon mariage, je ne pouvais pas
tenir en place. »

Au même instant, accompagnée de sa mère,
dont la robe faisait frou-frou, Eugénie apparut
dans ses affiquets blancs, raide comme une

poupée de coiffeur, avec un air de modestie parfaitement jouée sous l'ombre de son grand voile.

Remue ménage et embrassade générale.

— « Eh bien ! tout le monde y est, s'écria Polite
Gorju, un cousin de la mariée, allons, l'enterrement peut partir de la maison mortuaire ! »

Et un gros rire éclata dans l'assistance.

II

Les époux Limou étaient de petits maraîchers
de Suresnes, qui, tentés un jour par la gloriole
d'avoir eux aussi une boutique dans Paris,
avaient vendu leurs terrains du Mont-Valérien et
étaient venus s'installer à Montmartre.

Tout de suite, le commerce avait bien marché ;
on faisait des économies, et, au bout de quelques
années, on aurait certainement pu se retirer des
affaires, pour aller vivre modestement à la campagne, avec de petites rentes. Mais le père Joseph
était un ambitieux : Montmartre n'était pas un
théâtre digne de ses exploits, et il voulait s'éta-
blir au centre même de Paris.

L'occasion s'offrit d'elle-même ; un fonds était
à vendre au coin du faubourg Saint-Denis ; Joseph
n'eut de cesse qu'il n'eût le contrat d'achat dans
sa poche, et, quelque temps après, il inaugurait
son nouvel établissement.

Alors ils trimèrent dur : à quatre heures du matin, le mari s'en allait à la halle, pliant au retour sous le faix des légumes ; la femme préparait la soupe et le bœuf, recevait le lait, le beurre et les œufs d'un ancien camarade de Suresnes ; et dès huit heures, la boutique ne désemplissait pas ; toutes les bonnes du quartier s'y donnaient rendez-vous ; la clientèle augmentait chaque jour, et le soir, avant d'aller se coucher dans leur chambre du cinquième, les Limou comptaient la recette de la journée, en disant : « Tout ça, c'est pour notre Génie ! »

Génie leur était venue lors de l'installation au Faubourg, et depuis, le temps avait passé bien vite : à sept ans, on avait mis la fillette à l'école ; à douze, elle avait fait sa première communion ; on l'avait ensuite reprise pour aider la maman qui ne suffisait plus à la pratique.

Aujourd'hui, c'était une brave fille de vingt ans, pas jolie, mais solide au travail, avec de bons principes, connaissant le métier et habile comme pas une à servir le client.

De plus, il ne lui était point difficile de trouver un mari ; car douze bons billets de mille accompagnaient la demoiselle : aussi avait-on longtemps hésité sur le choix d'un époux, mais quand Anatole Falampin s'était présenté, déclinant son titre d'employé au Comptoir d'Escompte, on n'avait

pas hésité une minute; et, pour flatter leur
gendre, les époux Limou avaient décidé de bien
faire les choses : quelques billets de cent francs
de plus ou de moins, ce n'est pas une affaire; on
ne marie sa fille qu'une fois, et on travaillerait
double ensuite pour rattraper la dépense.

Eh ! puis, il fallait bien un peu épater le quartier, surtout madame Puteau, la concierge, qui
faisait des manières depuis qu'elle avait un
gendre coiffeur au boulevard de Strasbourg, et
les Florent, les boulangers d'à côté, qui parlaient
toujours de leur maison de campagne de Noisy-
le-Sec. Quel nez ils allaient faire, quand ils ver-
raient les landaus de la Compagnie loués à la
journée, et quand le soir ils seraient à table, au
Salon des Familles !

III

On arriva à la mairie, et on entra dans la salle
des mariages : on attendit une bonne demi-heure,
et on commençait à s'impatienter, quand un
huissier entra et appela les futurs conjoints.

Au bout de quelques minutes, on entendit un
grand bruit de voix qui se disputaient; puis
Génie en pleurs et Anatole en fureur réapparu-
rent, suivis de l'huissier qui levait les bras en
l'air et leur répétait :

— « Mais puisque je vous affirme que je ne l'ai pas !

— « Et moi, répliquait Anatole, rouge de colère, je vous affirme que je l'ai donné ! »

— « Quoi donc ? quoi donc ? »

— « Ces imbéciles ont égaré mon acte de naissance, et on ne peut nous marier ; c'est idiot, je veux voir le maire. »

— « M. le maire ne vous recevra pas ; il faut que vous vous procuriez cet acte à nouveau ; » et là-dessus, digne comme un licteur consulaire, l'huissier partit laissant la noce dans le plus cruel embarras.

Toute la famille était plongée dans une stupeur profonde : un silence glacial régnait sur l'assistance, tandis qu'Anatole gesticulait, pérorait, poussait les hauts cris, et que dans un coin on consolait la pauvre petite mariée ; mais les plus ennuyés, c'étaient encore les Limou avec leur messe, leurs voitures et leur dîner : tout cela ne pouvait être décommandé.

Hélas ! que faire ?

— « Ah ! ma foi, tant pis ! s'écria le père Limou ; ce sera à recommencer ; vaut mieux ça que de se casser une jambe. Profitons aujourd'hui de la promenade, et ce soir nous mangerons le dîner. Faisons comme si les enfants étaient mariés. »

L'homme passe vite d'un sentiment à un autre ;
quand on vit que le papa prenait si gaiement son
parti, tout le monde en fit autant, et la joie repa-
rut sur tous les visages ; on dégringola les esca-
liers de la mairie ; on s'empila dans les landaus,
et les pseudo-mariés en tête, on partit pour le
bois de Vincennes, comme si le maire et le curé
y avaient passé.

IV

Les époux Limou avaient vraiment fait les
choses pour le mieux : une table de quarante
couverts s'étalait dans la grande salle du restaurant de Saint-Mandé.

A sept heures, tout le monde était arrivé ;
l'oncle Limou, un gros, sanguin, qui avait gagné
de l'argent dans les cuirs et qui tranchait du protecteur ; la tante Pinière, une petite maigre, qui
avait dû nocer dans sa jeunesse ; la tante Grand-
manche, une énorme matrone, surveillant sa fille
Augustine, un petit laideron élevé au rang de
demoiselle d'honneur, et qui ne demandait qu'à
batifoler avec Félix Falampin, le frère du marié ;
l'oncle et la tante Lemerle, des teinturiers, le
mari suivant toujours sa femme qui lui disait à
chaque minute : « Ernest, viens ici ; » le cousin
et la cousine Guilmard, elle, grincheuse et bou-

gon ; lui, vert-galant et bavard ; la mère Puteau,
manquant d'éclater dans sa robe vert-d'eau ; puis,
tout le restant de parents et amis, et enfin une
floppée d'enfants, des grands, des petits, ayant
tous l'air de singes avec leurs habits des dimanches et leurs cheveux frisés.

On se mit à table, et, au milieu d'un grand
silence, on commença le potage. On ne parlait
pas, pénétré du grand travail des mâchoires ;
tandis que les garçons d'un air calme tournaient
paisiblement autour de la table.

Mais ce ne fut qu'un temps : la conversation
commença, timide, entre voisins, puis, réchauffée
par le vin et les viandes, elle devint bientôt générale : c'était bien ennuyeux, ce qui était arrivé le
matin, la perte de cet acte ; mais enfin, il ne fallait pas se faire de bile, on recommencerait, voilà
tout ; et puisque les morceaux étaient là, c'eût ôté
vraiment dommage de laisser perdre un pareil
dîner ; et on ne perdait pas un coup de dent : les
garçons si tranquilles tout à l'heure, n'en pouvaient plus, assaillis par mille demandes à la fois :
« Du pain ! du vin ! encore du poisson ! encore du
poulet ! »

Ça marchait ferme ; la gaieté secouait tous les
convives ; les hommes disaient des gaillardises,
tandis que les femmes se tortillaient d'aise, avec
des tressaillements dans les jambes : le cousin

Guilmard avait la pomme; cré nom! quel farceur! il avait une manière de vous dire les choses
qui vous faisait passer dans le dos des frissons de
plaisir: la petite Emma Belu, la modiste ne se
tenait plus sur sa chaise tant elle riait, pendant
que madame Guilmard juste en face de son mari,
lui faisait les gros yeux, en prenant son air
pincé; mais tant pis! il était lâché, et sûr de sa
scène en rentrant, il voulait en avoir pour son
argent: ses voisins l'encourageaient, le poussaient
à dire des bêtises, et se crevaient de plaisir; la
tante Pinière en avait la face sillonnée de rire,
comme si ça lui rappelait son jeune temps; puis
les vieux, mis en appétit de rigolade, lutinaient
la mariée, tout comme si elle allait partir après
avec son époux: dans le fond, les gosses faisaient
un bacchanal d'enfer: on avait mis deux bonnes
pour les tenir, mais elles ne pouvaient les empêcher de s'empiffrer et de boire comme de grandes
personnes.

Le dessert arriva: il y eut alors uh moment
de repos; vrai! on avait rudement boulotté;
on en avait jusque-là; et il était bon de se reposer, en causant les coudes sur la table; du
reste, c'était le moment des toasts et des chan-
sons.

Le cousin Guilmard toujours galant, commença; mais de nombreuses libations avaient em-

1.

pâté la voix du chanteur, et on ne distinguait
clairement que le refrain :

> A côté,
> Tout à côté
> De la beauté
> La plus aimâââââble;
> A côté,
> Tout à côté,
> De la plus aimable beauté!

Ensuite, l'oncle Limou, qui se piquait de littérature, fit un discours où il y avait des comparai-
sons entre le cuir et l'amour : le père et la mère
tout émus pleurnichaient en contemplant Génie,
qui rigolait en dedans, pendant qu'Anatole lui
poussait le genou.

Enfin, la mariée fit le tour de la table, et, un
verr de champagne à la main pour trinquer, em-
bra. sa tout le monde.

Le dîner était fini : on passa alors dans un petit
salon pour prendre le café, pendant que les garçons rangeaient la grande salle où l'on devait
danser.

Tout le monde était éméché ; mais qu'importait, on n'était pas là pour s'ennuyer, et tandis
que les dames prenaient leur café lentement avec
des grâces, les hommes se fourraient des grands
coups de cognac et de liqueurs et piquaient ferme
à la boîte aux cigares, qu'on avait mise devant eux

Le rouge montait à toutes ces têtes, mettant une flamme dans les yeux : on parlait haut ; on criait fort : on s'invitait d'un bout du salon à l'autre, c'était charmant.

Bientôt on entendit le piano et on se précipita à nouveau dans la grande salle.

On commença par le quadrille officiel, quadrille posé, comme il faut, tout comme dans le grand monde ; mais à la danse qui suivit, on se relâcha un peu : au bout de dix minutes, on était parti : les têtes tournaient, les jambes se trémoussaient, les poitrines haletaient ; on s'amusait ferme.

Tout à coup, l'oncle Limou, qui ne manquait pas une danse, s'écria de sa voix énorme :

— « Garçon, apportez du punch, du bichoff, quelque chose de soigné, c'est moi qui paie ! »

Ce fut du délire, un tonnerre d'applaudissements éclata sur le bonhomme, qui, fier comme Artaban, roulait son gros ventre, en faisant les yeux doux à sa danseuse.

On était déjà raide, mais avec le punch, ce fut le bouquet : tout ce monde sembla pris de frénésie : on se serait cru dans quelque assemblée de fous à les voir danser des quadrilles et toujours des quadrilles où les cavaliers faisaient sauter leurs dames dans une envolée de robes et de jupons. Polite exécutait des cavaliers seuls épatants : la *Grenouille amoureuse;* le *Postillon d'a-*

mour ; l'*Araignée chahuteuse ;* la *Tomate divorcée ;*
on s'arrêtait pour le regarder : il était crevant. Le
cousin Guilmard jaloux de son succès avait voulu
l'imiter et s'était fichu par terre : dans un coin, il
recevait maintenant un cran de son épouse pour
avoir déchiré son pantalon neuf.

Mais il se faisait tard : Anatole plusieurs fois
était allé trouver le papa Limou qui lui répondait
avec des larmes dans la voix : « Consultez ma
femme ! »

Enfin Falampin accompagné du père et de
l'oncle, s'était décidé à aborder la mère Limou
qui divaguait dans un groupe de matrones,
toutes aussi parties les unes que les autres.

— « Voyons, maman Limou, lui dit Anatole,
de sa voix la plus douce, laissez-moi m'en aller
avec Génie. »

— « Mais, c'est impossible, puisque... »

— « Voyons ! ces pauvres enfants ! ajouta le
père. »

— « Oui, ces pauvres enfants ! reprit l'oncle. »
Et le chœur des mères :

— « Oh ! ces pauvres enfants ! »
Et toute l'assistance étourdie, prête à l'atten-
drissement éclata en pleurs :

— « Ces pauvres enfants ! »
La mère Limou partit de sa larme et donna la
permission demandée.

Ce fut une vraie fuite ; Génie et Anatole ne se le firent pas dire deux fois et se sauvèrent prestement, tandis que l'oncle Limou pour consoler sa belle-sœur, l'empoignait par la taille et l'entraînait dans un galop effréné.

Le bal ne finit qu'au matin : on dit que bon nombre des invités s'endormirent sur les banquettes.

MORALE

Ce ne fut qu'au bout de huit jours que Génie et Anatole s'aperçurent qu'ils n'étaient pas mariés : enfin tout fut régularisé : ils sont très heureux et ont beaucoup d'enfants.

LA CHÈVRE AU BON DIEU

LA CHÈVRE AU BON DIEU

A monsieur Alphonse DAUDET.

L'abbé Moussu, curé de Villois, était un brave homme rond comme une pomme et bon comme le pain. Plein d'indulgence pour les bévues de l'humanité, il estimait que les grondeurs sont de sottes gens et aurait été désolé de mettre du chagrin au cœur de ses paroissiens : il aimait mieux les noces que les enterrements, et les baptêmes que l'extrême-onction.

Justement ce jour-là, il fêtait l'arrivée de son ancien camarade de collège, l'abbé Martin, curé de Cucugnan en Avignonnais, qui était venu passer quelques jours chez lui; et pour que la petite noce fut complète, l'abbé Moussu avait invité son collègue d'à-côté, le curé de Chemillé,

un rude gars qui ne craignait ni un coup de vin,
ni un coup de poing.

On avait largement déjeuné : un de ces déjeu-
ners à plats friands, que Lucotte, la vieille cuisi-
nière, savait si bien accommoder qu'on s'en mettait jusqu'au menton plutôt que de laisser un
morceau sur l'assiette.

Pour arroser le repas, on avait débouché force
bouteilles de ce petit vin de Chinon qu'on avale
comme du lait et qui n'aime pas plus l'eau claire
que le diable l'eau bénite.

Avec ça, il faisait grandement chaud : un de
ces gros soleils d'août qui jaunissent les moissons
et en font comme des plaines d'or.

Les convives étaient allés prendre le café dans
un bosquet couvert de clématites et de chèvre-
feuilles, où il faisait frais et où l'on pouvait devi-
ser nonchalamment enfoncé dans de grands fauteuils d'osier aux courbes paresseuses.

Lucotte avait apporté la cafetière et une vieille
bouteille de l'élixir du père Gaucher, une de ces
bouteilles comme on n'en trouve plus en France
même sur la table de M. de Rotschild.

Ah! qu'il faisait doux de vivre et qu'on était
loin des ambitions du séminaire et des intrigues
de l'évêché ! Vrai, puisque le bon Dieu vous avait
mis sur la terre, n'était-ce pas pour avoir une
bonne digestion et se tenir en joie ?

Les trois amis étaient dans cette pleine béatitude que n'ont jamais dû avoir les martyrs au milieu des tortures païennes, quand subitement un gamin s'amena tout essoufflé et son bonnet à la main, balbutia : « Msié l'curé ! Msié l'curé ! » C'est Cholet le métayer aux Voyettes ! Il est bon » malade, bon malade, et il demande après vous ; » qu'il dit comme ça qu'il veut pas mouri sans » avoir reçu l'bon Dieu ! »

Le curé de Villois poussa un gros soupir, mais répondit tout de même :

— « Va devant, mon garçon, va devant, tu diras que je viens de suite. »

Les autres riaient de la piteuse mine du pauvre homme qui s'en allait tout penaud vers l'église chercher le bon Dieu.

— « Eh ! mon vieux, crièrent-ils, nous t'attendrons au frais ! »

Le brave curé avait la tête un peu lourde et les jambes un peu molles, car ce satané petit vin de Chinon était traître en diable ; mais l'abbé se raidissait : un bon pasteur ne se doit-il pas à ses brebis ?

— « Je ne serai pas long, répliqua-t-il. »

Il arriva à l'église, ouvrit le tabernacle et prit le bon Dieu, puis s'en alla vers la ferme des Voyettes. Il se dépêchait, se dépêchait, mais le soleil piquait ferme et l'ombre était rare sur la

route : l'abbé Moussu avait du sommeil plein les
yeux, la tête lui tournait ; et cependant il se dépêchait, se dépêchait afin de gagner une âme au
paradis.

Au bout d'une demi-heure, il n'en pouvait
plus. « Reposons-nous un instant, pensa-t-il », et
il s'arrêta sous une haie d'arbousiers et d'aubé-
pine en fleurs.

A peine assis, il vit la terre qui dansait, le ciel
qui zigzaguait et les arbres qui penchaient leurs
panaches verts : il lui sembla que la nature entière se livrait à un quadrille échevelé... il ferma
les yeux et s'endormit... Les oiseaux piaillaient
dans les buissons, riant et se moquant du bon
abbé.

Tout à coup quelque chose lui tomba sur le
nez, une feuille d'arbre ou bien... une plaisan-
terie de moineau... « Pristi, dit-il, je m'étais
assoupi »; et il se mit à courir.

Arrivé à la ferme, il se hâta d'approcher le moribond ; il reçut sa confession, et s'apprêta à lui
donner le bon Dieu... Tonnerre du ciel ! il n'y
avait plus de bon Dieu ! Ah ! miséricorde divine !
il l'avait perdu sûrement là-bas sur le coussin de
verdure, au bas de la haie. Perdre le bon Dieu !

Il retourne sur ses pas avec des gens de la
ferme, il arrive à l'endroit où il s'était endormi :
on regarde de tous côtés, on cherche, on furète...

rien, rien du tout ! Décidément le bon Dieu est perdu.

Désolé, l'abbé Moussu revient chez lui, il demande conseil à ses amis qui avaient joyeusement passé le temps en buvant et en se contant des gaudrioles.

— « C'est un cas grave, fit le curé de Cucugnan. »

— « A-t-on bien cherché, ajouta le curé de Chemillé ? »

— « Il faut que tout le pays s'y mette, reprit le curé de Cucugnan. »

Cinq minutes après, le tambour de Villois remplissait le village des roulements de sa caisse, et faisait assavoir à tous les habitants que M. le curé avait perdu le bon Dieu sur le chemin qui mène à la ferme des Voyettes ; que celui qui le trouverait devrait le rapporter bien respectueusement au presbytère et qu'en récompense, il recevrait six bouteilles de vin et la bénédiction de M. le curé.

Tous les gamins de Villois comme une troupe de moineaux en gaieté s'élancèrent sur le chemin en courant et en se poussant, voulant trouver le bon Dieu et gagner les six bouteilles ; mais ils avaient beau fouiller tous les buissons et toutes les haies, soulever les cailloux et arracher les herbes, rien, rien du tout.

Sur le soir, comme nos trois abbés étaient encore dans le jardin en attendant le dîner, Lucette accourut :

— « M'sieu le curé, m'sieu le curé, il y a un tas de monde à la porte ; c'est la mère Finol qui dit qu'elle a trouvé le bon Dieu. »

— « Fais-la entrer. »

La mère Finol, une vieille toute ridée, toute cassée, s'avança avec une jeune chèvre qui cabriolait et courait à tous les feuillages.

— « Eh ! bien, la mère, dit le curé de Villois, on dit que vous avez retrouvé le bon Dieu ? »

— « Oui, m'sieu l'curé, j'l'ai trouvé. »

— « Où est-il ? »

— « C'est que j'l'ai point. »

— « Comment nous ne l'avez pas ? »

— « V'là, m'sieu le curé, moi aussi j'étais partie pour chercher le l'bon Dieu ; parce qu'à mon âge ça fait pas de mal quelqu'bouteilles de vin ; eh ! pis en même temps ça faisait brouter ma chèvre..... tout d'un coup, au tournant du ch'min des Fieux, v'la-t-il pas que j'aperçois l'bon Dieu à côté d'un' pâquerette et d'un bouton d'or, il reluisait, mon bon m'sieu l'curé, il reluisait tout comme un' pièce d'vingt francs. J'allais le ramasser ben dévotement, quand v'la-t-il pas c'te coquine de chèvre qui m'devance et avale l'bouton d'or, la pâquerette et le bon Dieu aussi ! Comment faire, m'sieu le curé ? »

— « Les animaux sont des créatures de Dieu, dit le curé de Cucugnan et ils sont moins méchants que nombre de chrétiens. »

— « Il faut respecter cette bête, dit le curé de Chemillé, elle est maintenant sacrée. »

— « C'est la chèvre au bon Dieu, et elle vous portera bonheur, ma brave mère Finol, ajouta le curé de Villois; Lucette, donne-lui les six bouteilles. »

Dans le pays on respecta la chèvre, et jamais on ne lui fit le moindre mal ; elle mourut fort âgée, et on l'enterra convenablement dans un coin du cimetière.

Seule Lucette prétendit que c'était une frime et que la mère Finol avait conté une histoire pour avoir les six bouteilles de vin.

Mais elle avait tort ; car, sur le chemin qui mène à la ferme des Voyettes, on n'a jamais retrouvé le bon Dieu.

LA COURONNE

LA COURONNE

A DAUBRAY.

I

— « Tiens te v'là, Galichon ! »

— « Bonjour, mon vieux, comment ça va ? »

— « Pas mal et toi ?..... v'là les autres qui s'amènent;..... eh ! dis dònc, Puiseux, t'as la couronne ? »

— « Tu vois, il y a « A notre ami » c'est mince chouette ! »

— « Bonjour Chainon. »

— « Bonjour Roulier. »

Et un tas d'ouvriers, en habits de dimanche, s'amassait dans la rue Boursault aux Batignolles, devant une maison dont la porte bâtarde encadrée de quelques draps noirs frangés de laine blanche laissait voir dans le couloir un cercueil avec deux cierges dont la flamme vacillait au vent.

— « Hein ! ce pauvre Frigois, reprit Puiseux, l'homme à la couronne, tout de même, il a cassé sa pipe ! ce que c'est que la vie ! »

— « Qu'veux-tu, fit un autre, aujourd'hui toi, demain moi ; chacun son tour ; et ton patron qu'est-ce qu'il a dit ? »

— « Le singe a pas grommelé ; mais il aurait fait risette que ç'aurait été la même chose : tu comprends, un ami comme Frigois, si on ne lui faisait pas un petit bout de conduite ! »

Et er attendant, réunis sur le trottoir, les camarades causaient de leurs petites affaires, de la pluie et du beau temps, de l'ouvrage qui était dur, des patrons qui étaient embêtants, tandis que les passants donnaient un rapide coup de chapeau, et que les locataires de la maison en entrant ou en sortant aspergeaient le drap mortuaire de quelques gouttes d'eau bénite.

Le corbillard arriva : en deux temps et trois mouvements, à l'église Sainte-Marie, un bout de service fut expédié par un vicaire en surplis sale, et le cortège prit le chemin du Père-Lachaise où l'ami de Frigois avait une concession qui lui était advenue par héritage.

D'abord on marcha posément, heureux d'avoir lâché l'atelier, regardant les voitures et les omnibus, causant du défunt, des rigolades qu'on avait faites ensemble; puis le temps commença à paraître long, ce sacré boulevard extérieur, un joli bout de ruban à défiler : au moins une heure et demie de marche; cependant il ne fallait pas trop se plaindre, sur chacun des côtés il y avait un nombre raisonnable de stations où on pouvait se reposer tout en s'humectant le gosier.

Puiseux fut le premier qui proposa une halte.

— « Nous les rattraperons toujours, fit-il, eh ! puis ! moi, la couronne, ça me fatigue. »

On alla, quatre ou cinq fois boire un canon sur le zinc, vite, debout, et on se mit à courir pour rattraper le convoi.

Mais quand on eut rejoint les camarades, il y en eut d'autres qui voulurent également faire leur petite station.

Puiseux, prétendant n'avoir pas eu le temps de boire, tant on s'était pressé, s'arrêta avec eux.

— « N'oublie pas la couronne ! lui cria-t-on. »

— « Non... Nous allons nous dépêcher; nous vous rattraperons! »

Cette fois, on s'assit, on fuma une pipe, puis on joua les consommations; ça commençait à s'éterniser; « nous les rattraperons, disait toujours

2.

Puiseux »; et les bouteille s'amoncelaient sur la table.

Enfin on fut prêt à partir. — « Encore une tournée, fit Puiseux; c'est moi qui paie. »

— « Non, non, nous filons » et les autres se sauvèrent.

Notre homme s'entêta, et se fit servir à nouveau; il causa avec le troquet, lui fit une partie de billard, bref perdit complètement mémoire.

Tout d'un coup l'enterrement lui revint à l'esprit.

— « Cré nom ! » dit-il, et empoignant sa couronne laissée sur une chaise, il se mit à courir.

Quand il arriva au cimetière, on fermait les portes.

— « Monsieur, on n'entre plus. »

— « Mais je viens pour un enterrement ! »

— « Vous plaisantez ! un enterrement à cette heure-ci ! »

— « Mais oui, l'enterrement Frigois, tenez, j'apporte une couronne. »

— « Vous feriez mieux d'aller vous coucher, mon brave homme, vous êtes pas mal raide, fit le gardien », et il poussa la grande porte de bois.

— « Moi raide ! moi raide ! allons donc ! cria Puiseux, et brandissant sa couronne : « En v'la t'y des mufles ! Pourquoi qu'ils m'ont pas attendu ! »

II

En descendant la rue de la Roquette, sans bien savoir où il allait, Puiseux était rudement embêté. Cré nom! rater comme ça l'enterrement d'un ami, et cette couronne qui à la longue finissait par lui scier le bras! Il ne pouvait pourtant pas la jeter sur le trottoir : une couronne, c'est sacré! V'là tout, il reviendrait demain la poser sur la tombe de Frigois. En attendant, la nuit venait, les becs de gaz s'allumaient dans la brume croissante; notre homme était arrivé au boulevard Voltaire; tout à coup il se sentit frapper sur l'épaule.

Se retournant vivement : — « Tiens, c'est toi, Poulard? »

— « T'es donc de noce? »

— « Nous avons enterré Frigois. »

— « Ah ! bah ! et maintenant qu'est qu' tu fais? T'en viens-tu dîner? »

— « C'est pas de refus. »

Et les deux amis s'en allèrent place de la Bastille, chez le père Collant dessécher une demi-douzaine de litres et tortiller une gibelotte. Aussi en sortant de table, leur pas était-il moins qu'assuré, surtout Puiseux qui en était à sa seconde cuite de la journée et qui racontait avec des larmes dans la voix qu'il avait manqué l'enterrement, qu'il ne s'en consolerait jamais.

— « Tu vois c'te couronne, demain à la première heure, j'la pose sur sa tombe. »

— « T'es embêtant avec ta couronne, lâche-la d'un cran ! »

— « Y a pas moyen, c'est sacré ! »

Devant eux, la façade du théâtre Beaumarchais flamboyait : un cordon de gaz éclairait en plein les lettres d'une immense affiche sur laquelle on lisait :

La Voix du Sang, drame en cinq actes, pour les représentations du célèbre Bonneval.

— « Cré nom ! fit Poulard ; Bonneval joue ; Bonneval, mon vieux, je l'ai vu à Chartres dans *La Nonne Sanglante*, tu sais, pas d'erreur, il met dans sa poche tous les artistes de Paris ; j'vas le revoir... viens-tu ?... eh ! ben alors, amène-toi ! »

Montant avec la foule, ils s'installèrent aux deuxièmes galeries, tout près de la scène, pour mieux voir.

Puiseux, sa couronne entre les jambes, sous le poids de ses nombreuses émotions, s'assoupit, de temps en temps réveillé par les coups de pied de Poulard qui ne cessait de lui crier :

— « Mais, écoute donc, animal, il est épatant ! épatant ! »

— « Quoi donc ? quoi donc ? faisait l'autre. »

— « Mais regarde donc, v'là le sénéchal qui
enlève la fille ! »

Les coups de pied devinrent si nombreux que
Puiseux dut interrompre son somme et se mit à
suivre les péripéties du drame, pataugeant au
milieu des meurtres, des rapts et des substitu-
tions d'enfants qui se succédaient à chaque scène :
tout de même Poulard avait rudement raison, ce
Bonneval quel coup de gueule ! cré nom ! quand,
en pourpoint, avec l'épée au côté et la toque sur
l'oreille, il vous lançait : *Vous pâlissez, monsieur
le comte !* » ou bien « *Vous ici, madame !* » ça vous
prenait aux entrailles.

Puiseux ne pensait plus à dormir maintenant ;
bon sang ! c'était-il intéressant ; et la jeune fille
qu'allait-elle devenir ? Canaille de sénéchal ! Si on
pouvait lui flanquer une volée !

Enfin quand, au cinquième acte, après la scène
de la folie, Bonneval entra en scène, comme un
lion dans sa cage, et le bras nerveux, la cuisse
tremblante, poussa d'une voix terrible : « *Le sénéchal avait déshonoré ma fille, j'ai tué le sénéchal !* » pendant que la salle croulait sous les applaudissements et que les deux amis, le corps
penché en avant, criaient bravo à tue-tête, tout à
coup Puiseux sentit la couronne qui avait glissé
sous la banquette ; alors, n'écoutant plus que son
enthousiasme, il la jeta sur la scène.

La couronne vint tomber aux pieds de l'acteur.

Bonneval gravement la ramassa, et, sous l'avalanche des bravos qui redoublaient, salua à plusieurs reprises en mettant la main sur son cœur.

III

Dans un petit logement au cinquième étage d'une maison de la rue des Abbesses, le grand artiste a niché son aire.

Dans la chambre à coucher, au-dessus de la glace de cheminée, à la place d'honneur, au milieu d'un fouillis de fleurs artificielles et de trophées en papier doré, se détache le jaune d'ocre de la couronne avec son : « A notre ami » tranchant sur l'immortelle; par une ficelle pend une pancarte sur laquelle il est écrit :

« Au célèbre Bonneval, la Ville de Paris! »

LE COMMUNARD

LE COMMUNARD

A Gaston BADIN.

On avait fini la partie de dominos.

Ils étaient là, quatre vieux, barbes grises et barbes blanches, à la brasserie du *Petit Tonneau*, devant leurs bocks bien tirés, fumant les pipes chères à leur cœur, et causant de leur jeunesse et de leurs farces passées.

— « Te rappelles-tu de Bollart, tu sais bien, celui qui l'hiver portait des galoches et qui depuis est devenu diplomate ? »

— « Oui, et Larcher qui a fait sa fortune dans les sucres ? »

— « Il e   .mort l'an dernier. »

— « Ah ! et Clément, et Boins, et Rousseau ? »

3

— « C'est vrai, Rousseau; est-ce qu'il vit encore, Rousseau ? »

— « Comment, tu ne sais pas ! Rousseau a été tué pendant la Commune; c'est une histoire des plus tragiques. »

— « Eh bien ! conte-la-nous. »

— « Vous le voulez ?... La voici : »

I

Comme vous le savez, Paul Rousseau ne sortait pas de la cuisse de Jupiter: le papa et la maman avaient fait de grands sacrifices pour le mettre au collège: ces bonnes gens tenaient à ce que leur « *fifi* » eût une bonne éducation, prétendant que l'instruction, cela sert toujours.

Cependant, quand il eut passé son bachot, force lui fut d'entrer, modeste employé, dans une maison de draps de la rue du Sentier.

Mais l'ami Paul était un bûcheur : grâce à son travail et à son intelligence, il sut se créer une situation des plus heureuses et des plus enviées.

Il put alors épouser une de ses cousines qu'il adorait, et ma foi, la petite madame Jeanne Rousseau valait grandement la peine d'être adorée.

C'était une délicieuse petite brune avec de grands yeux et un sourire éclairé par des dents superbes, et... j'avoue... qu'à cette époque, j'en

étais légèrement épris... en tout bien, tout honneur naturellement.

Quant à Paul, il était littéralement fou de sa
femme. Pour elle, il s'acharnait à la besogne,
étonnant même son patron par les prodiges de
son labeur ; on sentait que ce garçon-là voulait
arriver à toute force, et donner à sa Jeanne, avec
son amour, toutes les jouissances du bonheur
matériel.

La venue d'un bébé vint mettre le comble à sa
félicité. Je me rappelle qu'un soir, c'était vers la
fin de 1851, j'étais au café chez le père Vincent,
avec Larcher et d'autres : nous parlions des événements politiques qui allaient de mal en pis, de la
bourse qui baissait, du Prince-Président qui avait
l'air de préparer un mauvais coup, quand Rousseau entra la face épanouie, l'œil triomphant et
d'une voix vibrante : « Mes enfants, je suis père ! »

Là-dessus félicitations, embrassades, rasades et
le reste. Rousseau dut cette nuit-là rentrer chez
lui gris comme un capucin.

Le lendemain était le 2 Décembre.

II

Rousseau ne se soucia pas plus du coup d'État
que d'une guigne : les fusillades, les assassinats,
les infamies de toutes sortes passèrent inaperçues

devant sa béatitude ; il était complètement heureux : son patron, de plus en plus content, voulait lui donner une part dans la maison, sa
femme l'adorait et sa petite fille se portait à merveille. Du reste, on ne le voyait presque plus : sa
famille l'absorbait.

Or, un matin, c'était au mois de novembre, si
je ne me trompe, je le rencontrai dans la rue des
Jeûneurs, voûté, le teint hâve, les yeux rentrant
dans l'orbite et jetant une lueur étrange. Il passa
près de moi sans m'aborder, marchant d'un pas
automatique, et comme poursuivi par une idée
fixe.

Effrayé, je courus à lui.

A ma voix, il parut se réveiller d'un rêve, et,
me reconnaissant, me dit qu'il était souffrant,
qu'il avait besoin de repos ; bref, je n'en pus rien
obtenir ; mais je sentais dans cet homme un profond désespoir.

Le soir même, j'étais chez moi, quand on sonna
brusquement : c'était Rousseau. D'un ton rude,
saccadé, presque sarcastique qui contrastait avec
son air abattu du matin, il prononça ces mots :

— « Ma femme me trompe, j'ai découvert une
lettre, elle a tout avoué ; son amant est un officier
supérieur nommé de Figeac ; » et il ajouta avec
un sanglot : « Je ne sais si ma fille est de moi ; »
puis, reprenant son calme apparent : « Mon

patron ne veut pas me servir de témoin ; tu comprends, *l'autre* est bien en cour à l'Élysée ; veux-tu, toi ?... un des hommes de peine qui est un ancien soldat a accepté... Vous irez demain matin chez *l'autre*. »

Et il me raconta le malheur qui le frappait, histoire banale, mais poignante. La jeune femme coquette prise aux œillades d'un désœuvré, rendez-vous facilités par l'absence d'un mari trop occupé et trop aimant pour avoir un soupçon ; puis, l'adultère dans toute la force du mot, jusqu'au moment où le hasard met le mari face à face avec la réalité et brise sa vie entière.

III

Le lendemain, accompagné de Cabassu, l'ancien soldat, je vins demander le commandant de Figeac à son appartement de la rue Saint-Honoré.

On nous introduisit dans le cabinet de travail.

Le vicomte Luc de Figeac était ce qu'on appelle un joli garçon, trente ans à peine, cheveux rares, mais fins et soyeux, moustache blonde et soignée, manières un peu féminines, tenue irréprochable et distinguée : au surplus, un des plus joyeux viveurs du moment.

Simple lieutenant, criblé de dettes, n'ayant que son titre pour fortune, il avait risqué le tout pour le tout, avait offert son épée aux aventuriers de décembre, et avait tenu un rôle dans le drame sanglant du coup d'État.

Ce fut lui qui, lors de l'occupation de l'Assemblée par Espinasse, alla porter la bonne nouvelle au futur César; puis fut chargé d'arrêter divers représentants du peuple, et prit part enfin, à la tête d'un bataillon aux fusillades du boulevard : son zèle ne se démentit pas un instant.

Sa fortune était faite ; nommé commandant d'état-major, décoré, admis près du Dictateur, libéré de ses dettes, pensionné sur la cassette du prince, il pouvait enfin se livrer à tous ses goûts de plaisir et de luxe.

Tel était l'homme à qui nous avions affaire.

— « A quoi dois-je, messieurs, dit-il en nous recevant, l'honneur de votre visite? »

— « Monsieur, lui répondis-je, je serai bref, vous êtes l'amant de madame Rousseau. »

— « Eh! que m'importe! »

— « Nous venons au nom de M. Rousseau, vous demander réparation par les armes. »

— « Vraiment. — Je me soucie fort peu de ce monsieur; vous lui direz qu'il me laisse en repos, et qu'il ne s'avise pas de se trouver sur mon chemin. Un homme de mon rang n'a que faire de se compromettre avec de pareilles gens. S'il

fallait rendre raison à tous les maris que j'ai
bernés... »

— « Ainsi vous refusez? »

— « Absolument. »

Sur ce, nous prîmes congé, et nous revînmes
confier à Rousseau l'insuccès de notre démarche.
Le pauvre garçon devint blanc comme marbre :

— « C'est bien, dit-il, et il nous remercia.

Quelques jours après, on racontait dans les
journaux qu'une tentative de meurtre avait été
commise par un employé de commerce P... R...
sur un des commensaux de l'Élysée, le vicomte
L... de F... L'assassin, disait la feuille, venait
d'être arrêté.

Je m'informai, j'allai à la préfecture, et j'ac-
quis la certitude que c'était mon malheureux
ami dont il était question. En vain demandai-je
à le voir ; Rousseau était au secret.

Cependant, je parvins à savoir ce qui s'était
passé.

Le soir même du jour, où nous nous étions
présentés chez le commandant, Rousseau qui ne
l'avait point trouvé chez lui, s'était rendu sur
l'indication d'un domestique au cercle de la
rue Royale, et avait demandé M. de Figeac :
on l'avait conduit à une table où le vicomte
jouait au baccarat et là devant tout le monde :

— « M. de Figeac? »

— « C'est moi. »

— « Mes témoins, monsieur, se sont présentés chez vous, et vous vous êtes refusé à toute réparation ? »

— J'ai déjà répondu, s'écria le vicomte ; monsieur, retirez-vous donc ou... »

A ces mots, Rousseau se précipita sur lui, et avant qu'on pût l'arrêter, le frappa à la figure, lui arracha sa décoration et lui ensanglanta le visage ; les huissiers s'emparèrent du malheureux ; il fut traîné chez le commissaire de police, qui l'envoya au dépôt.

IV

Après plusieurs mois de détention préventive, Rousseau passa en cour d'assises.

D'avance, je le jugeais perdu.

A cette époque, tout pliait devant la tyrannie : les balles et la déportation avaient décimé ceux qui tenaient pour la justice et pour le droit : tous les gens tarés, incapables ou faibles se faisaient les complices conscients ou inconscients de Napoléon le Petit et de sa clique immonde.

On sait du reste quelle était la composition de la magistrature.

En cette affaire, les canailles en robe rouge, savaient quel était leur métier, et ce qu'on atten-

dait d'eux : quant aux jurés, ils tremblaient de
rendre un verdict désagréable à celui dont l'Eu-
rope saluait avec joie l'avènement (style du moment); or l'audience était encombrée d'officiers
supérieurs, de familiers des Tuileries : la présence
d'un aide de camp de Badinguet montrait assez
quelle était la volonté du souverain.

Au surplus, Rousseau se compromit comme à
plaisir; jamais il ne voulut dire la véritable raison qui l'avait poussé à blesser de Figeac.

— « Cet homme a refusé de se battre avec
moi, disait-il uniquement, cet homme est un
lâche ! »

Et là-dessus, le président de sa voix pâteuse :

— « Accusé, n'aggravez pas votre position. »

J'abrège ces débats honteux dont la magistrature impériale a donné tant d'exemples.

Mon pauvre ami fut reconnu coupable de coups
et blessures avec préméditation et condamné à
cinq années de prison.

Au prononcé de l'arrêt, des rires partirent
des bancs des officiers sans que le président les
réprimât.

Mais Rousseau, avant d'être emmené par les
gendarmes, se tourna vers de Figeac qui se trouvait non loin de lui :

— « Voleur et lâche ! s'écria-t-il. » Et il lui
cracha à la figure.

3.

V

Je ne pus jamais savoir dans quelle prison Rousseau fut enfermé; mes démarches même me compromirent, et un ancien camarade employé à la Préfecture, me conseilla de me tenir tranquille si je ne voulais pas qu'il m'arrivât quelque triste histoire.

Quant à la petite madame Jeanne, cause de tous ces malheurs, elle s'était enfuie avec sa fille, et malgré mes recherches, je ne pus la retrouver. Enfin, au bout de deux années, le hasard m'apprit que l'enfant était morte de privations et de misère et que la mère s'était tuée le même jour.

VI

En 1870, habitait aux Batignolles, dans la rue Lemercier, un homme de haute taille, tournure militaire, figure rigide et dure.

A voir ses cheveux blancs et ses traits flétris, on pouvait lui donner une soixantaine d'années; mais à la vivacité de ses mouvements, et à l'éclat de ses yeux, l'homme paraissait beaucoup plus jeune. Il se faisait appeler Paul Vernet et était caissier dans une maison de nouveautés de la place Clichy.

Sa vie était des plus modestes; vivant dans un pavillon retiré, il n'avait aucune relation avec ses voisins. Il partait le matin de bonne heure, passait toute la journée à son bureau, revenait à sept heures pour manger dans une petite crémerie de la rue des Dames, et, son repas terminé, rentrait chez lui pour ne plus donner signe de vie.

Il habitait là depuis une dizaine d'années, n'ayant jamais reçu personne, silencieux et sombre, intriguant les commères du quartier par son mutisme complet.

Du reste il était bon, car on l'avait vu souvent donner aux malheureux et quand il rencontrait un enfant, il le caressait.

Il ne prenait aucun plaisir.

Le dimanche, quelquefois, il faisait une promenade, toujours la même : il allait jusqu'à la rue Drouot, et s'arrêtait quelques minutes devant une maison de belle apparence sise à l'encoignure de la rue Grange-Batelière; puis il reprenait sa marche paisible et remontait aux Batignolles.

VII

Au début de la guerre, après Wissembourg et Wœrth, quand tout Paris était en proie à la terrible émotion des premières défaites; quand déjà, dans les quartiers excentriques, des clubs s'organisaient pour protester contre l'incurie de l'Empire, Vernet sembla sortir de son apathie.

. Il allait chaque soir au club du Concert Euro-
péen, dans la rue Biot, mais sans jamais prendre la
parole : il se mettait dans un coin et, tout en fumant,
écoutait les divagations des orateurs improvisés.

Enfin, quand Paris en fureur apprit que l'Em-
pereur avait mis le comble à ses infamies en
livrant l'armée française à son bon frère de
Prusse, que dans Batignolles la désastreuse nouvelle se colportait de porte en porte, que déjà
des rassemblements se formaient et demandaient
des armes, alors Vernet courut au club de la
rue Biot ; et là, d'une voix chaude d'indignation,
il rappela les crimes du régime impérial, il montra l'abîme où les Bonaparte avaient mené le
pays, et il demanda la déchéance.

De violents applaudissements terminèrent les
paroles de Vernet.

« C'est maintenant à l'Assemblée, s'écria-t-il,
qu'il faut dicter notre volonté ! »

Suivi d'une centaine d'individus, il descendit la
rue Blanche ; à chaque minute des adhérents vinrent se mêler à sa troupe, et c'est à la tête de plus
d'un millier de bourgeois, ouvriers, gardes nationaux qu'il arriva sur la place de la Concorde,
où se pressait déjà une foule compacte.

Des cris éclatent de toutes parts : Vive la République ! La déchéance ! — Vernet vocifère au
milieu des groupes ; lui premier franchit les

grilles du Palais-Bourbon, et pénètre dans la salle des séances suivi du peuple en délire.

VII

La République proclamée, Vernet rentra tranquillement chez lui et reprit son impassibilité première, mais déjà tout le quartier savait la part qu'il avait prise à la Révolution du 4 Septembre, et on lui offrit la présidence de plusieurs comités : il refusa simplement.

Pendant le siège, lorsqu'on forma dans la garde nationale les bataillons de marche, Vernet, malgré son âge se présenta et lors des élections fut nommé commandant de son bataillon : il se fit remarquer par le soin qu'il mit à instruire ses hommes et par le courage qu'il déploya à Buzenval. Mais en dehors de son service militaire, il n'en restait pas moins aussi triste et aussi taciturne qu'autrefois.

Enfin l'armistice arriva, la paix ensuite, et un grand nombre de Parisiens qui avaient fui les souffrances du siège rentrèrent chez eux.

Or, au commencement de mars, Vernet qui bien des fois était venu s'arrêter devant la maison de la rue Drouot et contemplait tristement les fenêtres closes, s'arrêta tout tremblant de colère mêlée de joie : les persiennes étaient ouvertes ; alors, s'adressant au concierge :

— « M. de Figeac est revenu ? »

— « Oui, monsieur, avec sa dame et ses enfants. »

IX

Les événements qui vinrent agiter Paris dans
les premiers jours de mars, élevèrent encore la
faveur dont jouissait Vernet parmi les habitants
de Batignolles. Commandant de son bataillon,
mis à l'ordre du jour, et proposé pour la croix, il
avait accepté la présidence du Comité républi-
cain de surveillance du dix-septième arrondissement, et était écouté comme un oracle par les
hommes placés sous ses ordres.

Aussi, lors des premières manifestations, le
Comité central, pour s'assurer ce puissant auxi-
liaire, lui fit les offres les plus séduisantes. Vernet
se réserva tout d'abord.

Mais quand l'échauffourée du 18 Mars et la retraite du gouvernement eurent laissé place nette
à la Commune ; quand il apprit que les bataillons
occupaient déjà l'Hôtel de Ville, Vernet n'hésita
plus ; il réunit ses hommes et le soir occupa le
boulevard Montmartre.

Le lendemain, au matin, le vicomte de Figeac
était arrêté.

X

Le samedi 1er avril, vers cinq heures du soir, un peloton de gardes nationaux se présenta à la Grande-Roquette.

La pluie tombait à flots débordant des gouttières, dégoulinant le long des murs de la vieille prison et rebondissait sur le pavé luisant, pour former de petits ruisseaux qui passaient sous la grande porte de fer avec des murmures joyeux.

— « Ordre de la Sûreté générale, dit le chef, un grand en uniforme de colonel, livrez-nous le nommé de Figeac. »

L'ancien commandant d'état-major, malgré les années, avait conservé son air altier, sa démarche aisée et ses manières de gentilhomme, il s'avança résolument :

— « Je suis détenu illégalement, dit-il, je proteste contre mon arrestation. »

— « Il n'y a pas de légalité, reprit le colonel, me reconnais-tu ? »

— « Non, mais qui que vous soyez; vous êtes un assassin. »

— « Possible ! en tous cas je suis Rousseau ; chacun son tour, vicomte ; aujourd'hui c'est moi qui suis le plus fort », et se tournant vers les soldats : « Allez ! »

On entraîna le prisonnier dans le chemin de
ronde.

— « Feu, cria Rousseau ! »

Puis, s'approchant du cadavre étalé au milieu
de la boue, il lui déchargea son revolver dans la
tête.

XI

Quelques jours après, le colonel Vernet était
tué sur la grande barricade du pont de Neuilly.

KIKI ET BOULETTE

KIKI ET BOULETTE

A Pierre HENRY.

— Il était une fois...

— Un roi et une reine ?

— Non; il n'y en a plus, ils sont tous malades.

Il y avait une fois, dans un beau magasin de la rue de la Verrerie, une chatte qui s'appelait Boulette.

— Pourquoi qu'elle s'appelait Boulette ?

— Parce qu'on lui lançait des boulettes de papier et qu'elle aimait à les faire rouler sous ses pattes pour courir après...

— Tu m'en lanceras à moi, dis ?

— Oui; mais écoute... Quand Boulette devint une chatte sérieuse, elle eut des petits...

— Beaucoup, dis ?

— Oui, six... On ne lui en laissa qu'un pour ne pas la rendre malade.

— Et les autres ?

— On les avait tués...

— Oh ! c'est méchant, ça !

— Mais écoute donc ! Il arriva que le pauvre petit chat mourut.

— Oh ! et Boulette, qu'est-ce qu'elle a dit ?

— On lui donna un tout petit chien.

— Elle a mangé le tout petit chien ?

— Pas du tout ; elle aimait bien le tout petit chien et lui donnait à téter.

— Et qu'est-ce qu'il disait le tout petit chien ?

— Il ne disait rien, puisqu'il tétait... il grandit très rapidement et on l'appela Kiki.

— Pourquoi qu'on l'a appelé Kiki.

— Tu m'ennuies... Mais Kiki en grandissant devint méchant et batailleur comme certain petit garçon de ma connaissance.

— Je n'en connais pas, moi.

— Enfin Kiki sortait du magasin et s'en allait attaquer tous ses camarades du quartier.

— C'est pas beau, ça ?

— Non, ce n'est pas beau, d'autant plus que la maman Boulette lui avait défendu...

— Pourquoi qu'elle l'avait pas mis dans le cabinet noir.

— Il n'y en avait pas dans le magasin ; et puis

Kiki se serait sauvé... donc Kiki s'en allait se
battre avec tous les roquets et il recevait quelquefois des piles...

— Qu'est-ce que c'est que des piles ?...

— Écoute donc... Quand Boulette voyait que
son fils Kiki était maltraité par les autres... sais-
tu ce qu'elle faisait ?

— Non.

— Eh ! bien, elle accourait au galop au secours
de Kiki et jetait des claques à droite et à gauche
en faisant fou ! fou !

— Les autres chiens, ils ne mordaient pas Boulette ?

— Non, ils en avaient peur ; quand elle avait
bien séparé les combattants, elle ramenait Kiki à
la maison et elle lui donnait une bonne tape.

— Pas trop fort ?

— Non, pas trop fort, seulement pour le corri-
ger... Alors Kiki demandait pardon et envoyait
une léchade sur le nez à Boulette.

— Et Boulette aussi ?

— Oui ; Boulette pardonnait à son fils Kiki ;
mais il était trop désobéissant et trop coureur, et
il en fut bien puni ; un jour qu'il se battait encore
avec les vilains chiens, il passa une grosse voiture de marchandises, il n'eut pas le temps de se
garer, et il fut écrasé.

— Ça lui a fait mal, dis?

— Il fut tué sur le coup.

— Ah!

— Voilà : c'est pourquoi il faut toujours obéir à ses parents.

— Et puis après?

— Eh bien, c'est fini.

— Et Boulette?

— Je ne sais pas ce qu'elle est devenue.

— Pourquoi tu ne sais pas?

— Tiens, tu m'embêtes!

PLANTUREUX ET CALDEBAS

PLANTUREUX ET CALDEBAS

A TABOUREUX.

I

— « Plantureux! apportez-moi le dossier Cauvert contre Lasson ! »

— « Voilà, monsieur ! » Mais l'interpellé ne
bougea pas plus qu'une souche, continuant à
écrire d'une main rapide et fumant une grosse
pipe aussi noire qu'une cheminée de steamer ou
qu'un habitant de l'Afrique centrale.

Deux minutes après : — « Plantureux ! le dossier Cauvert ! » Plantureux, sans s'émouvoir, répliqua : — « Tout de suite, monsieur Caldebas,
tout de suite ! » Un nouveau silence, seulement
troublé par le grincement de la plume sur le papier.

4

Subitement, comme un diable qui s'échappe d'une boîte à surprise, M. Caldebas sortit de son bureau. Déjà vieux, petit, gros, avec une tête chevelue comme un époussetoir, il s'élança dans l'étude.

— « Voyons, Plantureux, ce dossier ! »

— « Monsieur, dit l'autre, tout en continuant à tirer d'énormes bouffées qui formaient un nuage autour de lui, je terminais l'assignation Beloie... voici le dossier Cauvert. »

Et tandis que le patron retournait sautillant vers son cabinet, Plantureux reprit son travail.

Odile Plantureux était né à Noisy-le-Sec de modestes maraîchers qui trimaient dur et ne s'amusaient guère ; car on sait que les salades et les petits pois ne poussent plus aussi facilement qu'à l'époque du Paradis terrestre.

Quand il fut en âge d'aller à l'école, il se distingua par une fainéantise exceptionnelle et une résistance peu commune aux principes les plus élémentaires : c'était ce qu'on appelle un élève bouché. Mais, si son instruction au bout de quelques années était restée fort rudimentaire, son écriture par contre étonnait le maître lui-même qui restait en admiration devant ses pleins et ses déliés, ses majuscules ornées et ses paraphes enjolivés ; aussi, donna-t-on le conseil aux parents de ne point négliger une telle disposition et on plaça notre jeune homme en qualité de petit clerc chez maître Caldebas, avoué à Paris.

A l'étude, si l'on fut fort satisfait de la façon dont il calligraphiait les copies de pièces, on n'eut pas autant à se féliciter de son intelligence et de son activité : il faisait les courses tout de travers, égarait les actes, ne portait pas les lettres et passait un temps infini quand on l'envoyait au Palais.

Cependant, on le garda parce qu'il n'avait point l'air d'y mettre de la mauvaise volonté et surtout à cause de son écriture qui devenait de plus en plus remarquable.

A dix-neuf ans, étant parvenu à se débrouiller dans la procédure, il put remplir l'emploi d'expéditionnaire : très rangé, très honnête, il ne courait pas les bouibouis et les bastringues comme la plupart de ses camarades et cependant n'avait jamais un sou dans sa poche : c'est que l'ami Plantureux avait un péché mignon : la gourmandise. Quand il avait touché ses appointements, il s'en allait dans quelque bon endroit et se faisait servir un repas délicat et fin qu'il avalait en égoïste et en dilettante.

Mais cette faiblesse ne gênait en rien ses occupations : Odile restait toujours dans l'étude, estimé de M. Caldebas, et voyait passer devant lui des générations entières de clercs sérieux et de clercs amateurs.

Trente années s'écoulèrent : en ce temps, que de changement ! Aujourd'hui, les avoués ont de belles études spacieuses et bien ornées ; leurs cabinets de travail sont garnis de tapis, de tentures, de tableaux et de meubles de prix : on fait des affaires avec l'amabilité et les relations du monde.

Maître Caldebas n'avait point suivi la mode nouvelle et s'était renfermé dans les antiques errements ; il avait conservé l'étude poussiéreuse, sans clarté, avec les bancs noircis par l'encre et l'usage ; son cabinet n'était qu'un taudis où se pressaient pêle-mêle les livres et les dossiers ; il n'avait point voulu de ces clercs élégants qui reçoivent si bien les dames et qui parlent sport en même temps que procès.

Aussi avait-il vu diminuer le nombre de ses clients ; mais il s'en moquait, étant riche et faisant de la procédure par passion : il avait fini par mettre tout le monde à la porte et ne garder que Plantureux. Celui-ci lui suffisait pour la besogne courante ; lui, faisait le plus important.

II

L'horloge sonna midi. Odile se leva. — « M'sieu Caldebas, il est midi, je m'en vais. »

— « Bien, mon garçon, fermez la porte et n'oubliez pas au Palais, l'affaire Montassier. »

— « Oui, m'sieu ! »

Plantureux range son écritoire, sa plume et ses papiers, puis s'en va dans un coin chercher une gigantesque ligne de pêche ; il prend un panier, le portefeuille du palais et, ainsi harnaché, sort de l'étude en fermant la porte à clef.

Il s'arrête d'abord dans un petit restaurant, déjeune tranquillement, et se dirige ensuite vers la place Dauphine. Mais arrivé au Pont-Neuf, il descend sur la berge et se met à pêcher : au bout de deux heures de cet innocent exercice, Plantureux se lève, court au Palais, passe par le greffe et les huissiers, et, ses affaires terminées, revient lentement à l'étude pour reprendre sa plume et rebourrer sa pipe.

— « Eh ! bien, Plantureux, commence maître Caldebas qui rentrait aussi, avez-vous fait bonne pêche ? »

— « Deux goujons, cinq ablettes et trois poissons blancs ; ma femme me fera frire ça pour ce soir, il y a de quoi se régaler. »

— « Très bien, et l'affaire Montassier ? »

— « J'ai la grosse. »

— « Très bien. »

La conversation continue entre le patron et l'expéditionnaire qui tous deux aiment bien à causer : aussi, la fin de la journée s'écoule vite et on atteint bientôt six heures.

4.

Plantureux dit au revoir et, l'air fier, la tête droite, remonte tout joyeux vers le faubourg Saint-Denis : dame ! On n'a pas toujours de la chance, bien souvent on rentre bredouille ; mais cette fois, il n'y a pas à dire, ça fera une fière friture ; va-t-elle être contente, la ménagère !

La ménagère, c'était Zéphyrine Truchot, une piqueuse en bottines que Plantureux avait ramassée un soir près de la Porte-Saint-Martin ; il l'avait été revoir par habitude, puis l'avait prise chez lui et à la fin l'avait épousée.

Il ne fallait pas broncher avec madame Plantureux : de quinze ans plus jeune que son mari, elle le menait par le bout du nez et était la maîtresse absolue dans le ménage ; elle dirigeait tout, veillait à tout et... tenait la caisse. Odile, complètement annihilé, apportait ses appointements et le produit de ses écritures : adieu, les bons petits repas de sa jeunesse !

C'était, au surplus, pour un motif sérieux que Zéphyrine économisait l'argent : son ambition était d'amasser une somme suffisante pour se retirer en province où l'on achèterait une petite maison et où l'on vivrait de ses rentes.

Mais la somme convenue était rudement longue à gagner ; aussi, pour aller plus vite, Zéphyrine se souvenant de son ancien métier, s'était mise à faire la fenêtre, et dame ! ça rapportait bien davantage. Quand c'était l'heure du retour de Plantureux et qu'il y avait un client, on attachait un mouchoir à l'appui de la croisée et Odile, sachant ce que ça voulait dire, faisait un tour dans le quartier.

Tout marchait pour le mieux : le ménage allait fort bien ; depuis dix ans, pas la moindre dispute ; les affaires étaient prospères et on espérait dans quelques mois arriver au chiffre fixé.

III

Plantureux, tout en s'approchant du logis, pensait à cette petite fortune qu'on avait eu tant de peine à amasser : justement, hier au soir, on avait compté les valeurs et les billets, et il y en avait pour près de trente-cinq mille francs ; mazette, c'était un beau denier !

Il arrive devant chez lui : cristi ! le mouchoir y est ; pour sûr, jamais ça ne lui avait été aussi désagréable qu'aujourd'hui. Enfin, il faut se résigner : il continue sa promenade, s'arrête aux kiosques de journaux pour regarder les images. Au bout d'une demi-heure, il revient, le mouchoir y est toujours : — « Nom d'un chien ! c'est-il embêtant, et mes poissons qui germent ! »

Une heure s'écoule, puis deux, et le mouchoir pend toujours, flasque, à peine agité par le vent.

Plantureux a faim ; mais il n'a pas le sou, car sa femme ne lui donne que juste ce qu'il faut pour son déjeuner. Il va, il vient, s'en va et revient et toujours le maudit mouchoir !

La soirée maintenant s'avance, il est onze heures, il est minuit ; notre homme gémit, bougonne, mais n'ose pas rentrer.

Pas moyen d'aller à l'hôtel ! Pour comble d'infortune, une grosse pluie d'orage vient le tremper jusqu'aux os : le malheureux s'abrite comme il peut, et l'averse finie continue à rôder comme un malfaiteur.

La nuit se passe.

Fourbu, éreinté, fiévreux, Odile ne peut plus y tenir ! Le mouchoir y est toujours, mais tant pis ! Il grimpe les étages et cogne à la porte ; pas de réponse. Une voisine obligeante vient lui dire que sa femme était sortie hier dans la matinée et qu'on ne l'avait pas vue rentrer.

Plantureux commence à être inquiet ; il fait sauter la serrure : personne dans l'appartement ! Tout à coup sur le guéridon, il voit un bout de papier placé en évidence, il s'en saisit et lit :

— « Vieux cocu, tu me dégoutes et je te lâche, ne cherche pas la caisse, je l'emporte avec moi. »

Le pauvre expéditionnaire tomba raide sur le plancher.

IV

Pendant tout le temps que dura la maladie de Plantureux, maître Caldebas survint à ses besoins; et, la guérison obtenue, le reprit dans son étude. Il le plaignait, le consolait avec de bonnes paroles, l'invitait même souvent à déjeuner, heureux quand l'œil d'Odile s'éclairait devant une aile de perdreau ou un verre de Saint-Émilion.

Mais le coup avait été porté droit; Plantureux dépérissait : il faisait toujours avec soin sa besogne; son écriture n'avait rien perdu à ces tragiques événements; cependant le pauvre homme était fini. Une après-midi qu'il pêchait machinalement, un étourdissement le prit : au bout de quelques secondes, il était mort. On le transporta à la Morgue.

Maître Caldebas, ne le voyant pas rentrer à l'heure ordinaire, se mit tout de suite à sa recherche : ce ne fut pas long; après l'avoir demandé à sa demeure, puis au Palais, il le trouva exposé à la curiosité du public.

L'avoué fit les démarches nécessaires, acheta un terrain au Père-Lachaise et paya un enterrement convenable à son vieil expéditionnaire.

En attendant, il fallut trouver un remplaçant; mais hélas! que de tracas et de désillusions! les uns ne voulaient pas rester, les autres ne faisaient pas l'affaire. Ah! qu'il regrettait le défunt!

Bref, M. Caldebas se décida à vendre! Ce fut encore pis! Rester toute une journée sans s'occuper d'assignations, d'oppositions, de conclusions ou d'avenirs, c'était trop dur, et l'ancien avoué ne put y résister.

Il mourut tranquillement, presque sans agonie, disant : — « Plantureux, n'oubliez pas la grosse Boussard. »

Par ordre de son testament, on l'enterra aux côtés de son clerc, et l'on grava sur la tombe :

CALDEBAS et PLANTUREUX

victimes de la procédure et de la femme.

LE VIEUX PASSEUR

LE VIEUX PASSEUR

A Paul DUFOUR.

I

L'île Marante, entre Argenteuil et Bezons, séparée de la plaine de Gennevilliers par le Petit-
Bras, appartenait avant la guerre au père Poulin,
célèbre à dix lieues à la ronde par ses lapins
sautés et son petit vin qui vous grattait le gosier,
comme une râpe. Dans la bicoque de l'île, le
dimanche, en compagnie de leurs maîtresses, les
canotiers venaient faire la fête; on se pochardait
un peu, et ces dames, le cœur en gaîté, secouaient
au vent leurs robes printanières sur les deux ba-
lançoires de l'établissement.

5

Mais 1870 vint avec ses sinistres désastres jeter sur la frontière tous les gais compagnons, et les joyeuses hirondelles de l'amour s'éparpillèrent loin de Paris.

II

Au moment des plaisirs et du beau temps, tous connaissaient le père Francart, le vieux passeur entre Argenteuil et l'île à Poulin. Le bonhomme possédait en plaine, du côté de Bezons, une petite cahute, où il vivait avec sa femme et son petit-fils.

L'histoire de ces pauvres gens était bien simple : le fils, bon ouvrier, était mort de la poitrine, et sa femme, une beauté du cru, courait le guille-dou du côté d'Asnières avec les maçons et les charretiers de l'endroit.

Tout de même le vieux Francart gagnait sa vie, surtout depuis que le petit, qui marchait sur ses quinze ans et qui était solide au travail, se faisait des journées de quarante sous à la teinturerie de Clichy. La vieille cultivait un petit lopin de terre et faisait la soupe. Enfin, quand le soir, ses deux hommes rentrés, on s'asseyait autour de la petite table devant la marmite fumante, on oubliait les peines présentes et passées.

Lorsque les Prussiens s'approchèrent de Be-zons, le père Francart voulut faire comme les

autres et rentrer dans Paris; mais la vieille refusa
de quitter la masure, et il partit seul, un matin,
laissant sa femme à la garde de son petit-fils.

Arrivé place Vendôme, à l'état-major de la
place, après trois heures de marche, le bonhomme
éreinté, poussiéreux, brûlant de fièvre, fut ren-
voyé de bureaux en bureaux, de la rue Saint-
Dominique à la caserne du Château-d'Eau, de
Vincennes à la rue du Cherche-Midi. On le traîna
pendant deux jours, et finalement on lui conseilla
de se tenir tranquille, en lui disant qu'il était trop
vieux pour servir, et qu'on avait assez d'hommes
comme ça.

Le père Francart, la colère au cœur, reprit le
chemin d'Argenteuil; mais les ponts étaient
coupés : force lui fut de prendre la plaine Saint-
Denis; il arriva vers le déclin du jour aux premières maisons d'Argenteuil où reluisaient quelques casques pointus. Le vieux se glissa le long
de la berge, passa lestement la voie du chemin
de fer et entra dans le village; reprenant rapidement le bord du fleuve, puis remontant un peu,
il arriva au bout d'un quart d'heure à quelques
mètres de sa baraque.

Là, le pauvre homme chancela : quatre murs
noircis se dressaient dans l'ombre envahissante;
à terre au milieu des décombres, une femme en
haillons, les cheveux en désordre, était agenouil-

lée près d'un cadavre, et tenait sur ses genoux la tête blonde et charmante de son enfant. Le vieux Francart fit un bond : « Marie ! Marie ! cria-t-il. » Mais la vieille relevant d'un geste câlin la chevelure du petit, disait doucement : « Il dort ! ne le réveillez pas ; » puis un rire spasmodique secoua tout son être ; et elle reprit : « Il dort ! ne le réveillez pas ! »

Le grand-père n'en put supporter davantage et tomba raide.

Quand il reprit ses sens, il faisait complètement nuit ; le pauvre homme dut attendre le jour, rongeant ses poings de rage et de douleur, sans pouvoir même pleurer, et de temps en temps appelant sa femme qui maintenant ne répondait plus. Au petit jour, il vit à ses pieds dans les ruines fumantes les deux cadavres rigides, son petit-fils souriant presque dans ses boucles blondes, et là au-dessous dans la poitrine, un grand trou de baïonnette ; puis à côté sa vieille compagne, les traits crispés dans le désespoir, avec un regard farouche qui semblait vivant encore.

Devant ces cadavres le père Francart se redressa, et, abandonnant tout, il courut vers la Seine. Ne trouvant plus sa barque, malgré le froid, il s'élança bravement dans l'eau, et atteignit enfin l'île Marante, où il disparut dans les taillis de bois mort.

III

Le siège de Paris continuait et le blocus devenait de plus en plus étroit. Pour surveiller la
plaine de Gennevilliers occupée par les troupes
françaises, les Allemands avaient établi un cordon
de sentinelles tout le long de la Seine, depuis Be-
zons jusqu'aux premières maisons d'Épinay.
Toutes les nuits des coups de feu s'échangeaient
des deux rives, sans résultat d'ailleurs pour la
plupart.

Au mois de décembre, la neige couvrit les
berges du fleuve, et la nuit on distinguait facilement les ombres noires se promenant de long en
large l'arme au bras. Un soir quelques coups de
feu retentirent vers l'île Marante, et les deux sentinelles bavaroises placées sur la rive opposée furent tuées ; le lendemain, pendant la nuit, nouveaux meurtres. L'autorité allemande s'émut; les
sentinelles furent doublées. Le jour se passait
sans la moindre alerte, sans le moindre bruit,
mais dès que l'obscurité avait envahi l'île, et en
faisait une masse compacte et sombre, les coups
de feu reprenaient partant d'un point inconnu et
faisaient de nouvelles victimes. En vain les Bavarois répondaient par une longue fusillade, en
vain ils s'abritaient derrière des monceaux de

neige; toutes les nuits un ou deux des leurs
étaient mortellement frappés.

L'état-major de Versailles fut averti et l'on
allait se décider à envoyer du canon pour raser
l'île, quand subitement, vers la fin de décembre,
au moment du grand froid, les coups de feu ces-
sèrent; les sentinelles allemandes reprirent tranquillement leurs factions nocturnes; mais plus
de vingt Bavarois étaient enterrés le long de la
berge.

IV

La guerre, le siège et la Commune passèrent,
juillet et août vinrent mettre leur soleil au milieu
des pleurs et des décembres, les arbres recommencèrent à verdir, et l'île à Poulin reprit modestement son air de cabaret à la mode. Ce n'étaient
plus les grandes fêtes, mais de timides amoureux venant cacher leur bonheur, et des bourgeois
avides de campagne, après les misères des derniers mois écoulés. Or au début du mois d'août,
un dimanche que, plus nombreux, les Parisiens
étaient venus se rappeler le joyeux temps d'autrefois, que des femmes en toilettes claires s'éga-
raient dans les taillis pour qu'on y allât les pour-
chasser avec des rires et des baisers, tout à coup
l'une d'elles s'arrêta comme foudroyée et appela
au secours. Toute la bande joyeuse accourut, et

vit caché au fond d'un petit fossé un vieux tonneau protégé par la terre et les broussailles ; dans ce tonneau un squelette d'homme entouré de haillons et près de lui deux fusils tout rouillés.

On appela le père Poulin qui s'écria aussitôt : « Tiens voilà le chapeau de Francart, que je lui ai » donné pour sa fête il y a quatre ans ; les Prus- » siens lui ont tué sa femme et son petit-fils : » c'est donc lui qui venait ici les tirer comme des » alouettes : il en a pas mal descendu tout de » même ! Pauvre père Francart ! »

Et tous, canotiers et canotières, bourgeois et bourgeoises, amants et maîtresses, s'inclinèrent devant les restes du vieux passeur.

LA REVANCHE DE MONSIEUR BIDAULT

LA REVANCHE DE MONSIEUR BIDAULT

A NUMÈS.

I

Tout le monde, dans le Paris qui s'amuse, a connu le beau, l'illustre, l'irrésistible Raymond aux gilets, aux chapeaux transcendants, le Raymond enfin dont les bonnes fortunes ont défrayé pendant longtemps tous les petits journaux de la capitale.

Sa promenade sur le boulevard, stick à la main, casadorès aux lèvres, soulevait des flots d'admiration ; et les femmes, subjuguées, se retournaient pour lui lancer leurs œillades les plus expressives. Partout, dans sa course victorieuse, le beau Raymond rencontrait des cœurs épris : les lundis au Skating, les mardis à l'Hippodrome, les samedis au Cirque, et toutes les nuits au café de la Paix, il tenait ses assises amoureuses, et augmentait le nombre de ses conquêtes.

Les salons du grand monde eux-mêmes n'avaient pas échappé à la loi commune, et, déjà, on ne comptait plus les jeunes femmes qui avaient succombé aux charmes du don Juan moderne.

Subitement comme un météore, le héros disparut ; cependant aucun désastre financier n'avait atteint sa fortune, aucune fièvre pernicieuse n'avait atteint son physique ! Hélas ! le beau Raymond était tombé victime de l'infâme vengeance d'un mari jaloux !

II

Un samedi, le beau Raymond trônait au Cirque d'Été, égarant sa lorgnette sur la nombreuse assemblée, et dédaignant de fixer son regard sur quelque beauté du lieu, quand subitement il tressaillit. Là, près des écuries, à l'endroit chic, il venait d'apercevoir une petite blonde, toute charmante, toute délicieuse avec ses yeux noirs, sa petite bouche rose, et ses frisons dorés. A côté d'elle, un monsieur d'un certain âge, drapé dans une austère redingote, suivait attentivement les exercices de miss Occana.

L'entr'acte venu, Raymond se précipita vers les écuries. Grâce à ses connaissances, il obtint une place non loin de la petite blonde, et commença un siège en règle. A la sortie, un regard éloquent de la dame lui apprit qu'elle n'était pas demeurée insensible à ses provocations.

Le samedi suivant, notre ami était à côté de la petite blonde, et quinze jours après, Raymond remportait une nouvelle victoire.

III

Madame Léonie Bidault, née Bracquenard, était l'épouse devant Dieu de M. Antonin-Marie Bidault, employé au ministère des finances, et membre de la Société protectrice des coléoptères. Mais Antonin n'avait jamais répondu aux effluves poétiques de sa jeune moitié, et accomplissait tout bourgeoisement les devoirs de sa charge. Aussi lorsque au Cirque d'Été, Léonie aperçut le héros dans sa gloire, tous ses sens frémirent ; lorsqu'il s'approcha d'elle, tout son être trembla ; et sous ses regards magnétiques, elle manqua s'évanouir. C'était vraiment là l'idéal d'amour qu'elle avait conçu dans ses rêves de jeune fille, quand, sous le toit des Bracquenard père et mère, elle voyait voltiger autour d'elle des moustaches brunes bien cirées et des vestons de haut goût.

Au surplus, madame Bidault était la plus charmante des maîtresses qu'un connaisseur eût pu
désirer. Pleine de tendresse et d'abandon, de pu-
deur et d'ignorance, elle obéissait à son nouveau
maître avec l'ardeur d'une néophyte, et marchait
dans des voies inconnues avec des désirs toujours
croissants. Elle ne pouvait plus vivre sans son
Raymond : tous les jours pendant que M. Bidaut
allait au ministère user ses fonds de culotte et
noircir le papier du gouvernement, le jeune
homme accourait; et les doux amants, s'enfer-
mant dans la chambre à coucher, oubliaient le
monde entier.

Mais, hélas ! l'indiscrétion d'une bonne vint ren-
verser tout cet échafaudage de bonheur. Antonin-
Marie, en homme méticuleux, s'assura d'abord
de sa position. Quand il eut la conviction qu'il lui
fallait élever la coiffe de ses chapeaux, il résolut
alors de prendre une éclatante revanche.

Il se rendit chez tous les parents de sa femme,
et leur demanda de venir assister, comme témoins, et au déshonneur et à la vengeance. De là,
scènes, cris, larmes chez les Braquenard, stupé-
faction chez les autres : mais Bidault tint bon, et
avec un entêtement tout marital, il exigea leur
présence, sans laquelle, il ne répondait de rien.

IV

Tout le monde était réuni en silence dans le grand salon attenant à la chambre à coucher, d'où de temps en temps partaient des éclats de rire entrecoupés de baisers.

Debout près de la cheminée, le père Bracquerard froid et digne regardait d'un œil fixe le parquet tout luisant, près de lui madame Bracquenard se tamponnait les yeux avec son mouchoir, et poussait des soupirs désespérés ; à côté, dans le grand fauteuil, l'oncle Faisandé, mâchonnant son jujube, sommeillait vaguement. Puis, assis en rang d'oignons, les autres membres de la famille : la tante Aglaé Courtepatte essuyant ses lèvres minces de sa langue pointue et savourant par avance le scandale promis : le cousin Ripaillant, tortillant son chapeau et s'ennuyant ferme ; en dernier lieu deux ou trois moindres cousins ne sachant qu'elle contenance tenir.

Le mari se faisait attendre ; et là, à côté dans la chambre matrimoniale les amants s'aimaient toujours.

Enfin M. Bidault apparut marchant avec précaution ; il était suivi d'un homme bizarre dont le chapeau était couvert de figures d'animaux ; cet homme en outre portait en sautoir une boîte de

bois également recouverte de signes cabalis-
tiques.

A la vue d'Antonin tout le monde se leva :

« Je vous ai juré, dit-il à mi-voix, d'épargner
» mademoiselle Bracquenard, et je réitère mon
» serment ; mais quoi qu'il arrive, quoi que vous
» entendiez, ne bougez pas d'ici ; je veux me ven-
» ger de l'infâme qui a ravi mon honneur ! »

Ces mots prononcés, il se précipita vers la
chambre, suivi de son acolyte. La porte, bien que
fermée, céda sous le choc, et les deux hommes
disparurent.

Personne ne bougeait ; on eût entendu une
mouche voler. Tout à coup un cri déchira l'air et
un silence plus terrible encore remplit de nouveau
tout l'appartement : les assistants étaient verts de
peur ; leurs dents claquaient.

Une minute après, Léonie s'élançait dans le salon, et à la vue de sa mère se précipitait dans
ses bras ; à travers la porte ouverte, on voyait le
beau Raymond les habits en désordre, les cheveux
hérissés, l'œil hagard, évanoui sur un fauteuil.

Enfin le mari triomphant, exultant, apparut,
donnant à l'inconnu une vigoureuse poignée de
main.

Ce dernier disparut.

Alors on entendit dans la rue ce cri reten-
tissant :

» *Tond les chiens, coupe les chats et les oreilles, pas de chiens à tondre, pas de chats à couper ! voilà, voilà le tondeur !* »

Et M. Bidault, superbe, inspiré, embrassant, d'un geste magistral la croisée et Raymond anéanti, s'écria :

— « Entendez-vous, le bourreau qui passe ! ! ! »

A LA CAMPAGNE

A LA CAMPAGNE

A Alexandre KERAVAL

I

Madame Berthe de Villeneuve s'étirait les bras dans un demi-sommeil voilé des ombres des grands rideaux; et, dans l'entre-bâillement des batistes qui bouillonnaient, sa poitrine se soulevait comme pour repousser l'ennui qui l'oppressait : enfin d'un geste qui se décide, elle attira la sonnette et la femme de chambre parut.

— « Ouvre les croisées. »

Le soleil en grand vainqueur entra dans la chambre, éclaboussant toute la pièce de sa radieuse lumière : il ruisselait comme une eau trop longtemps comprimée, sautant, dansant, se tordant avec mille feux flamboyants et mille jets diamantés.

Ce qu'il aimait surtout, c'était le grand lit où les soies et le satin semblait l'appeler comme une coquette attire un galant, et là, dans ces étoffes qui pâlissaient et brillaient sous son baiser, il riait, se cachait dans les plis, paillotant, facettant, reluisant, papillotant et venant enfin, audacieux amant, mettre son éclat rutilant dans les frisons dorés de la belle réveillée.

— « Ah ! soupira madame de Villeneuve, quel beau temps et comme il doit faire bon à la campagne ! »

— « Oh ! oui, madame, surtout là-bas chez mon père, en Normandie, du côté de Lisieux, sous les pommiers verts... si madame voulait..... »

— « Quoi donc? »

— « Ma sœur s'en va avec sa fille, passer quelques jours chez nos parents à Fresnières... si madame voulait... pendant que monsieur n'est pas là... j'irai moi aussi chez mon père. »

— « Tiens, tu ne m'avais pas dit que tu avais une nièce ; quel âge a-t-elle? »

— « Trois ans, madame. »

— « Il faudra que tu me l'amènes... va, laisse-moi encore reposer, nous verrons cela tout à l'heure » ; et madame de Villeneuve, l'œil fixé dans un ramassis de son corps, se prit à réfléchir.

Son protecteur, monsieur de Luzarches, venait de s'absenter et de retourner dans le Berry où d'importantes affaires le rappelaient et même devaient l'y retenir. Très épris de sa maîtresse, mais encore plus soucieux de ses intérêts, il avait dû se résoudre à une séparation dont l'amertume était adoucie par l'espoir d'un retour plus ou moins prochain. En homme du monde, il avait quitté madame de Villeneuve d'une façon fort convenable, et lui avait assuré sa tranquillité pendant quelque temps du moins.

C'étaient ces évÉnements récents que, sans trouble ni plaisir, Berthe revoyait dans ses réflexions et le seul ennui qui vint troubler sa sérénité naturelle était l'idée qu'il lui fallait chercher un nouveau seigneur et maître.

— « Ah bah ! fit-elle en sautant du lit et en laissant voir les plus jolies choses du monde, advienne que pourra ! je m'en moque ! »

— « Annette, viens m'habiller, je crois avoir une bonne nouvelle à t'annoncer. »

— « Oh ! madame, vous me permettriez... »

— « Écoute, je partirai avec ta sœur et toi ; je connaîtrai ta famille ; ce doit être de braves gens, eh ! puis, la campagne me fera du bien. »

Ce qu'elle ne disait point, c'est qu'il lui plaisait d'aller jouer à la dame comme il faut, là-bas dans un pays où l'on ne s'apercevrait pas de son verbe trop haut, et de ses allures trop décidées; il lui était agréable de penser qu'elle allait vivre pendant quelques semaines comme une riche bourgeoise qui rend visite à ses fermiers.

Adulée, gâtée par eux, elle les étonnerait un peu par son luxe et ses manières, se montrerait généreuse et aimable et reviendrait à Paris ayant gagné de la santé et accompli une bonne action.

II

Ce fut une joie. Madame de Villeneuve paya tout ce qu'il fallut pour le voyage ; des robes pour Annette et sa sœur, une toilette pour la petite fille ; on empaqueta des présents pour toute la famille, pour le père, la mère et les frères.

On court Paris pendant trois jours pour acheter tous les bibelots nécessaires; enfin, les malles furent prêtes.

En wagon, Berthe avec sa robe d'étoffe sombre, son chapeau fermé avait tout à fait l'air d'une dame du faubourg Saint-Germain, rejoignant son mari, accompagnée de ses deux domestiques : la petite fille heureuse, parlait, babillait comme un oiseau, tenant serré dans ses bras un gros ballon avec lequel elle se promettait monts et merveilles ; puis, deux petits chiens terriers gros

comme le poing, se mordillaient et poussaient de
légers aboiements.

Madame de Villeneuve était déjà dans son rôle.

— « Vous avez bien les billets, Rosalie, les
bagages sont bien enregistrés, Annette ? »

— « Oui, madame. »

— « Nous n'avons rien oublié ? Ah ! et mon pa-
rapluie ? »

— « Il est dans le filet... »

— « Je croyais l'avoir oublié dans la voiture. »
Et patati et patata.

Madame prenait des poses, secouant les plis de
sa robe, rajustant les frisons de ses cheveux ou
les brides de son chapeau ; quand l'enfant venait
la taquiner, elle essayait des airs de maman.

— « Voyons, Lucile, tiens-toi tranquille, ou tu
n'auras pas de chocolat. »

Et elle tirait de sa poche une bonbonnière en
écaille ornée de son chiffre et d'une couronne de
comtesse.

Les autres voyageurs regardaient ce manège, se
demandant quel était le monde qu'ils avaient devant les yeux.

Le train courait toujours, filait le long de la
Seine, passant Maisons avec son château délabré,
Triel avec ses villas blanches assises au bord de
l'eau, Meulan, le vieux bourg féodal, Mantes-la-
Jolie, Évreux avec sa cathédrale qui pointe

6

comme un mât, Conches sale avec ses gares, Bernay et Notre-Dame-de-la-Couture.

Passé Bernay, Annette dit :

— « Madame, nous sommes bientôt arrivées, il faut faire les paquets. »

On réveille la petite fille qui se met à grogner, on plie les manteaux, on remet les chapeaux... La machine, hurlant, s'arrête avec de gros jets de vapeur.

— « Lisieux ! Lisieux ! »

Les femmes descendent.

Derrière la balustrade, on voyait une carriole et un paysan tout près de la porte qui regardait d'un œil clignotant.

— « V'là le père, fit Rosalie. »

Les deux filles se précipitèrent dans les bras du bonhomme, qui froidement les embrassa, puis, soulevant la petite fille, lui donna un baiser plus affectueux.

Alors, Annette et Rosalie le présentèrent à madame de Villeneuve ; le vieux fit un salut obséquieux avec l'air en dessous des habitants de Normandie.

— « Et vot' bagage, fit-il, y en a-t-il beaucoup ? »

— « Dame, reprit Annette, il y a deux grandes malles. »

— « J'sais point si la carriole va tout porter. »

— « Ça ne fait rien, dit madame avec un sou-

rire, on l'apportera par une voiture du chemin de
fer. »

— « Ah ! que nenni, riposta le vieux, ils pren-
draient trop cher, j'vas y voir. »

Et, tout seul, il amena les lourdes malles et les
poussa sur la carriole d'un coup d'épaule.

Les femmes montèrent et s'assirent sur le banc;
il y avait une chaise avec un bout de tapis dessus
pour la dame de Paris.

Le bidet partit : un petit bidet normand aux
crins hérissés qui se secouait à chaque minute
et ne s'arrêtait pas aux montées. L'homme, installé sur le brancard, fumait sa pipe, tandis que
madame de Villeneuve, mise en bonne humeur,
trouvait charmante cette façon de voyager et
caressait la petite fille qui ne cessait de demander
à Rosalie : « Maman, quand j'vais pouvoir jouer
avec mon ballon ? »

III

Après une heure de chemin à travers la campagne, on arriva à la ferme, une belle grande
maison basse avec des pommiers tout autour,
et sur le devant, une cour empierrée· où un
monde de poules, de canards s'ébattaient en
joie.

A la vue de la carriole, deux chiens se mirent à

aboyer, la porte s'ouvrit et une petite paysanne, sèche comme un fagot, coiffée d'un bonnet bien blanc, accourut en criant: « Eh ! les gars, c'est eux. »

Du fond s'amenèrent deux grands garçons solides comme des chênes, avec le dos un peu voûté des gens qui travaillent la terre.

Les filles descendirent de la voiture.

— « Comme vous voilà accortes, fit la mère »; et on s'embrassa pour de bon, tandis que les garçons restaient cois devant la belle dame dont les afifiquets de soie les épataient carrément.

— « Eh Victo ! eh Louis ! Venez donc, cria le père Lobjois, quoi qu'vous avez à bâiller; allons, empoignez le bagage ! »

Les fils enlevèrent les malles comme des paniers de vendanges et les entrèrent dans la maison.

— « Vous n'êtes point fatiguée, fit la mère Lobjois avec un tortillement de bouche qui voulait être aimable ? »

— « Non pas. »

— « Avez-vous soif? »

— « Merci. »

— « Tout de même, un verre de cidre. »

— « Avec plaisir. »

— « Louis, prends l'vieux qu'est à droite dans le cellier. »

Après avoir bu un coup de cidre afin de faire un trou, on se mit à table.

Pour la dame, on avait tiré de la grande
armoire une nappe de la dernière lessive et qui
plus est la nappe des grands jours ; on avait
apporté les assiettes à fleurs et les verres qui venaient de l'arrière-grand-père Lobjois ; on avait
mis à contribution la basse-cour et le verger ; et
on servait madame avec toutes sortes d'attentions
qui se mêlaient cependant à une sorte de curiosité inquiète : on s'étonnait qu'elle eût les mains
aussi blanches avec des bagues si nombreuses et
si brillantes.

Rosalie et Annette étaient devenues toutes
rouges quand il avait fallu se mettre à table ;
mais madame, avec un geste charmant les avait
mises à leur aise, tandis que les frères essayaient
gauchement de se tenir droit et n'osaient plus
porter les morceaux à leur bouche entre le doigt
et le couteau.

Quand on eut bien bu et bien mangé, le père,
avec son air calme, dit à Annette :

— « Madame doit être fatiguée ; sa chambre est
prête. »

En effet, madame de Villeneuve était très fatiguée et désirait se retirer, mais auparavant elle
voulait défaire ses malles et offrir les cadeaux.

Pour le papa Lobjois, grand chasseur, on avait
apporté un fusil de chez Galand, une arme de
précision ; et le vieux avait des frémissements

6.

dans les mains et restait tout hébété devant sa
surprise... « Pour sû, murmura-t-il, qu'ils ont
qu'à ben s'tenl! » Puis il ajouta :

— « C'est ben honnête, ben honnête! »

La femme eut une grande pièce d'étoffe, au
moins de quoi se tailler deux robes, et une belle
coiffe garnie de dentelles pour faire la fière le
dimanche à la messe.

— « Doux Jésus! poussait-elle, doux Jésus! »

Ce fut autre chose quand on découvrit pour les
gars deux belles pipes en écume ; eux qui n'a-
vaient jamais eu entre les dents que des culots de
terre noircis, regardaient les magnifiques bouf-
fardes sans oser y toucher. Que de jaloux ils
allaient faire dans le hameau !

Ce fut une pluie de bénédictions sur madame
de Villeneuve qui jouissait de son triomphe, tandis que Rosalie et surtout Annette renchérissait
sur la générosité de sa maîtresse.

Bref, madame, rentrée dans sa chambre, s'endormit dans les rêves les plus doux, voyant le
bonheur de ces gens causé par elle. Qu'elle était
loin de Paris avec ces fêtes chez Brébant ou chez
Bignon, de ces monotones soirées de l'Hippodrome et du cirque, ces corvées de toilettes et de
soupers! Les draps ici étaient peut-être un peu
durs, l'oreiller n'avait point de ces mollesses
tièdes qui assoupissent; mais il fleurait bon dans

cette chambre simple, avec le plancher tout
blanc et le grand silence de la nuit, entrecoupé
seulement des cocorices qui résonnaient au loin.

IV

Il était grand jour quand madame de Villeneuve s'éveilla : toute la ferme était en mouvement, les poules gloussaient, les oiseaux piaillaient, la nature s'était remise au travail.

Berthe ouvrit la fenêtre, et respirant avec
délices le bon air qui venait, elle songea : pourquoi elle aussi n'aurait-elle pas été une fermière
avec un brave homme et des enfants; mais elle
réfléchit que ce devait être crevant de travailler
tout le jour, d'être privé de ces plaisirs parisiens
si croustillants et si épicés..... en attendant la
campagne avait du bon... cette température délicieuse remet à merveille le teint et les nerfs.

Au même moment Rosalie entra, venant voir si
madame n'avait besoin de rien.

— « Après ce voyage je n'ai pas voulu réveiller
madame. »

— « Quelle heure est-il donc ? »

— « Onze heures. »

— « Ah ! Dieu, à la campagne, c'est honteux. »

Et vite, mettant une matinée, elle descendit au
jardin, charmante, toute rosée, avec le dégage-

ment des formes sous l'étoffe légère du peignoir.

Louis qui passait, en fut émerveillé; jamais il n'avait vu de femme aussi jolie. Cristi! lui qui courait les filles du village, quelles gotons! Il restait là tout hébété au milieu des poules qui picoraient.

— « Bonjour, monsieur Louis, fit-elle, regardez comme la grosse noire est gourmande... Oh! je voudrais bien leur donner à manger. »

— « J'vas vous chercher du grain. »

Et madame s'amusa à jeter du grain aux poules, riant comme une folle aux batailles de ce petit monde emplumé.

Puis ce fut une promenade dans le verger jusqu'à la lisière du petit bois où le père était en train d'émonder les arbres.

Après le déjeuner on s'en alla au bourg où il y avait la fête, et l'on revint les bras chargés de bibelots :

Madame de Villeneuve avait été encore des plus généreuses.

Berthe était toute heureuse de se voir l'objet de l'admiration de ses hôtes et de la jalousie des autres; le père, par quelques mots échappés à ses filles, savait de quoi il retournait, mais il n'en disait rien et était le premier à placer ses remerciements : dame! une femme qui a tant d'argent et qui y tient si peu; on peut lui passer bien des choses; elle était tellement aimable avec ses pré-

sents, on pouvait lui rendre en égards puisque ça
lui faisait plaisir.

Du reste, madame de Villeneuve recevait tout
comptant; elle croyait que la famille ne se dou-
tait de rien, et la prenait pour une riche veuve :
elle s'intéressait aux choses de la ferme, demandant le prix des récoltes, le nom des arbres, elle
posait à la femme du monde; elle avait été voir le
curé, un petit malin, qui ne s'y était pas trompé
une minute, et qui avait estimé de suite le parti
qu'il pouvait en tirer. Sans rien avouer, elle avait
cependant déclaré au prêtre que pendant longtemps elle avait peu suivi sa religion, mais qu'elle
était toute disposée à y revenir; elle allait tous les
dimanches à la messe où une place lui était ré-
servée, elle suivait le service avec onction et faisait
ostensiblement à la quête tomber une pièce d'or.

Puis c'étaient de longs conciliabules avec l'abbé
Bouvart, sur les besoins de la petite église, et
Dieu sait s'il y en avait des besoins! mais madame de Villeneuve montrait une piété si éclai-
rée! elle avait fait recrépir les murs du temple et
du presbytère; elle avait fait venir de Paris une
chasuble d'or et des tableaux de sainteté, elle
avait donné au curé une belle soutane de drap fin,
et des boucles en argent pour ses souliers.

Et les pauvres!

Berthe allait elle-même dans les chaumières,

distribuant de sa main gantée des secours de
toutes sortes : chacun la connaissait dans le
pays; bien souvent on venait la trouver pour
pouvoir payer un billet qui venait à échéance ;
même, papa Lobjois, qui avait envie d'un bout de
champ ne s'était pas gêné pour demander à la
Parisienne la somme qui lui manquait.

C'était un concert de louanges; toute le monde
l'adorait; dans la maison c'était de l'enthousiasme !

Bientôt il y eut dans la famille un événement
capital et on prouva à madame de Villeneuve
combien on était heureux de la posséder.

Une autre fille des Lobjois, qui était mariée à
un fermier des environs, eut un enfant, et on
demanda à la dame de vouloir être la marraine.

Berthe ne put refuser, et alors ce fut une nouvelle série d'envois; le facteur ne venait pas de la
gare sans une foule de paquets; cadeaux pour le
bébé, cadeaux pour le parrain, cadeaux pour le
père, cadeaux pour la mère, etc., etc.

Du reste ce fut pour elle un vrai triomphe; au
grand dîner, placée entre le maire et le curé, elle
trônait ainsi qu'une reine; les félicitations s'a-
moncelaient sur sa tête, et, à la fin du repas,
quand on porta sa santé, des applaudissements
frénétiques répondirent au toast du parrain.

V

Mais à toute médaille il est un revers ; et ces nombreuses fantaisies avaient coûté bon ; les louis, les billets de cent et de mille francs avaient filé de la poche de madame de Villeneuve avec une rapidité vertigineuse.

Bref, la somme laissée par M. de Luzarches était à sa fin. Aussi les cadeaux étaient moins fréquents, ils devenaient même rares, et l'attitude des Lobjois était moins hospitalière. C'est vrai ! recevoir tous les jours quelque présent, quelque surprise, cela pouvait faire passer l'irrégularité de la Parisienne, mais du moment qu'elle ne donnait plus rien, alors bonsoir !

Et Berthe s'en ressentait : le pain n'était plus si tendre ; le bouilli revenait plus souvent ; les coups de chapeaux et de bonnets étaient moins fréquents ; les draps étaient plus durs ; le bonhomme Lobjois était moins respectueux et ça déclinait tous les jours, ça entrait dans la période aiguë. Le père bougonnait toute la journée, trouvant qu'on consommait trop de sucre, trop de fruits, trop de lait, trop de café.

Le curé, très froid, l'évitait ou ne lui adressait que de rares paroles ; les paysans rigolaient en la regardant en dessous : jusqu'à Louis qui de câlin et poli était devenu brusque et grossier; bien plus Annette et Rosalie l'avaient presque rudoyée.

La position n'était plus tenable; madame de Villeneuve voyant qu'elle était à charge à tous ces gens qu'elle avait comblés de bienfaits, avait hâte de revenir à Paris.

Mais elle n'avait pas un sou sur elle : poussée par le besoin et reprenant son assurance, elle alla trouver le père Lobjois :

— « Vous avez assez de moi, dit-elle, prêtez-moi cent francs pour que je m'en aille. »

— « Cent francs, riposta le vieux, pourquoi faire? »

— « Le voyage en coûte déjà quarante. »

— « Quarante..... en troisième, ça coûte dix-huit. »

— « Oh! et mes malles? »

— « Tenez, voilà vingt francs, et laissez-nous tranquilles. »

Madame de Villeneuve, dans un état impossible à décrire, fut obligée de voyager en troisième, entre une nourrice et un tourlourou qui du reste se montrèrent des plus obligeants.

Elle arriva chez elle, fourbue, éreintée, la rage au cœur, pleurant de désespoir, quand la concierge d'un ton prévenant lui dit :

— « Madame, M. de Luzarches est venu aujourd'hui, il est de retour, il reviendra ce soir pour emmener madame dîner au restaurant. »

— « Sauvée, ô mon Dieu ! fit Berthe. » Et elle ajouta en elle-même : « Oh ! oh ! la campagne, la campagne ! je la déteste ! »

LA MORT DU GRAND-PÈRE

LA MORT DU GRAND-PÈRE

A Georges MAILLARD

Il est mort le grand-père ; il est mort à la campagne, à Suresnes, où il s'était retiré. Sa fille et son gendre sont partis de Paris, aussitôt qu'on leur a envoyé une dépêche, et ils sont arrivés à temps pour recevoir le dernier soupir du bonhomme.

Il est mort le grand-père !

Il ne verra plus ses petits-enfants qu'une bonne vient d'amener, et qui sont là courant dans le jardin : il ne verra plus son gros chat, autrefois si câlin, qui erre tristement à travers les plates-bandes, et jette un regard de défiance sur les volets fermés de la chambre du défunt ; il ne verra plus ses arbustes tout fleuris, ses lilas et ses roses dont il était si fier et dont il prenait tant de soin.

Il est mort le grand-père !

Les invités, tous intimes, sont arrivés par le train de onze heures ; le corbillard s'est mis en marche vers l'église du village ; le service a été rapidement dit par le vicaire ; puis, après les poignées de mains banales échangées sous le porche, tous sont rentrés à la maison mortuaire, où un grand déjeuner les attend.

Il est mort le grand-père !

On mange, dans ses assiettes à fleurs, les poules de sa basse-cour ; on boit son vin cacheté dont il était si ménager ; la gaieté et l'entrain reparaissent sur le visage des convives, qui chassent loin d'eux l'air contrit et ennuyé qu'ils avaient pris par décence.

Il est mort le grand-père !

Tous ont bien déjeuné ; le café va et vient ainsi que les liqueurs, on parle fort, on rit ; le grand Alfred pince les mollets de la bonne, et le petit Ernest est légèrement émêché. N'était la présence de la fille et du gendre, on chanterait des gaudrioles.

Il est mort le grand-père !

Les invités reprennent le train de Paris ; mais en wagon le grand Alfred qui est toujours pour la farce, s'écrie qu'il ne faut pas finir la fête comme ça. Tous applaudissent : le cousin Bruand, le gros

Fanandel, le vieux Gigoux, avec le petit Ernest de plus en plus émêché. — « Allons chez Noël » et ils vont chez Noël s'emplifrer à nouveau.

Il est mort le grand-père !

Ils sortent de chez Noël, gais comme pinsons, et soûls comme des évêques, ils chantent des refrains à la mode ; ils dansent des pas sur le boulevard ; seul le petit Ernest se tient le ventre et demande à rentrer. Mais on ne peut terminer de cette façon ; c'est un jour de rigolade !

Il est mort le grand-père !

On se ballade du passage au café Américain, où l'on prend des bocks, puis tout à coup le grand Alfred a une idée ; il la communique aux autres ; l'idée est accueillie par des bravos ; le vieux Gigoux saute de joie. On règle les consommations ; et à grands pas, suivis du petit Ernest qui demande toujours à rentrer, les quatre amis se dirigent vers la rue Feydeau ; on s'arrête au 14 ; la troupe joyeuse s'engouffre dans le corridor avec des éclats de rire. Il faut bien enterrer la noce !

Il est mort le grand père !

———

LA MÈRE CADET

LA MÈRE CADET

A MILHER.

En ce temps-là, le drame florissait au boulevard comme lilas en mai, Bouchardy et Alboize, Anicet Bourgeois et Dennery remportaient leurs éclatantes victoires qui s'appelaient alors *Gaspardo le pêcheur*, *Les Chevaux du Carrousel*, *La Dame de Saint-Tropez*, *Don César de Bazan*; Frédérick Lemaître et Bocage créaient aux applaudissements frénétiques de la foule *Kean*, *Ruy Blas*, *Buridan* et *Antony*; enfin, la province entière reflétait l'enthousiasme de Paris et se passionnait chaque jour aux exploits des héros romantiques.

En ce temps-là même, Ducros et Mayer emmenaient des tournées de comédiens jusqu'à Étampes et Rambouillet, les frères Séveste avaient

privilège sur tous les théâtres de banlieue et les
artistes de leur troupe s'en allaient d'une commune dans une autre, de Batignolles à Montmartre, de Montmartre à Belleville, de Belleville
à Montparnasse jouant le drame en vogue, semblables ainsi aux personnages du *Roman Comique*.

Non loin du théâtre Montparnasse, dans la
chaussée du Maine, se tenait le restaurant de la
mère Cadet, un grand établissement peint en
rouge, avec une salle de bal pour les dimanches,
et un jardin garni de bosquets pour le beau
temps.

Une forte tête que la mère Cadet! connaissant
son métier à fond et solide au travail comme pas
une! C'était elle qui dirigeait tout, veillait à tout
et faisait quasiment tout; son mari, papa Cadet,
était un tant soit peu flémard, et dans le ménage,
c'était la femme qui portait les culottes; avec cela
point méchante pour deux sous et très serviable
au besoin. Les comédiens le savaient bien, et
quand la fin du mois arrivait, quand la poche
était vide comme une bouteille égouttée, on s'en
allait Chaussée du Maine, et on était reçu à bras
ouverts. Dame, c'étaient les enfants, disait la patronne, et parce qu'ils n'avaient pas de quoi
payer, ce n'était pas une raison pour ne leur
point donner à manger.

Elle les connaissait tous, les grands et les

petits, les célèbres et les inconnus ; elle avait vu
un tel commencer qui maintenant gagnait des
mille et des cents : — « A preuve, disait-elle,
qu'il me doit encore dix francs, faudra que j'aille
moi-même les chercher, j'aurai du plaisir à l'embrasser. »

Il lui semblait qu'elle aussi avait joué la comédie, surtout depuis que Toto, son chien, lui avait
été demandé pour figurer dans un drame à l'Ambigu. Ah ! qu'elle avait pleuré quand la bonne
bête avait sauvé l'enfant que le traître voulait
assassiner !

Mais, si la mère Cadet faisait un large crédit et
permettait qu'on vînt chez elle sans payer de
suite, elle n'aimait pas non plus qu'on fût trop
longtemps à s'acquitter et surtout qu'on ne lui
donnât pas d'acompte quand arrivait le cinq du
mois.

Or, il y avait déjà quelque temps que plusieurs
artistes de la Porte-Saint-Martin n'étaient venus
et justement leur note était assez forte.

Un soir qu'elle faisait ses écritures : — Eh ! Cadet, cria-t-elle.

— « Quoi donc? fit l'homme en train de jouer
aux cartes avec un voisin. »

— « Prends ton chapeau et va-t'en à la Porte-
» Saint-Martin pour demander de l'argent à
» Lyonnet, à Laurent, à Hervil, à Florence ; tiens,

» voilà la liste; allons! hop! dépêche-toi! nous
» sommes le dix, il n'y a pas longtemps qu'ils ont
» reçu la paye; et tu sais, ne te fais pas mettre
» dedans; ils sont très gentils mes enfants, mais
» pas mal farceurs; et puis ne rentre pas tard
» avec la monnaie, faudra mieux prendre l'omni-
» bus pour revenir... allons, au revoir, Cadet! »

Le restaurateur, en époux obéissant, quitta son
camarade, s'en alla mettre sa veste neuve, son
chapeau à poils, et prit la route de Paris.

Au bout d'une heure de marche, il s'amena sur
le boulevard; ça lui faisait tout de même un
drôle d'effet, ces grandes rues avec ces lumières
et ce brouhaha de voitures et de gens; aussi,
pour se donner un peu de cœur, il entra chez un
mastroquet.

Réconforté, il enfila la rue de Bondy, et entra
dans le couloir du théâtre.

Le concierge le reconnut:

— « Tiens, le père Cadet! li y avait longtemps
qu'on ne vous avait vu! »

— « Tous ces messieurs sont là? »

— « Oui, oui, au second; et la mère Cadet,
toujours vaillante? »

— « Merci; à tout à l'heure! »

Il grimpa les deux étages et n'eut point de
peine à trouver les acteurs; c'était pendant un
entr'acte, et tous étaient montés dans la grande

loge pour y boire un verre du saladier qu'on y faisait chaque soir.

A l'entrée du père Cadet, ce fut une ovation.

— « Bonjour, père Cadet ! Vive le père Cadet ! »

Le vieux, ahuri, donnait des poignées de main à gauche et à droite, et n'avait pas eu le temps de souffler, qu'on lui avait déjà offert un grand verre de bichoff.

— « Allons, à la santé de maman Cadet ! »

— « A sa santé ! »

— « Un second à la santé du père Cadet ! »

Dans le nuage de fumée qui remplissait la pièce, le bonhomme se sentait la tête tourner, mais n'oubliait nullement le but de sa visite.

— « Dites-donc, fit-il, en prenant un grand ha-
» billé en seigneur, dites donc, Lyonnet, ma
» femme m'a envoyé, il paraît que vous devez
» quelques petites choses ; vous seriez bien
» aimable de... »

— « Mais, comment donc, père Cadet ! je vou-
» lais y aller cette semaine, et tenez, reprit l'au-
» tre, en tirant quelques louis, vous voyez, je ne
» suis pas à court ; mais ce soir, je vous le dis en
» secret, j'ai rendez-vous avec une femme du
» monde et vous savez, les femmes du monde !
» Après tout, si vous l'exigez, je manquerai mon
» rendez-vous et je... »

— « Non, non, je vais m'adresser à Laurent. —

» Dites-donc, Laurent, j'ai quelque chose à vous
» dire. »

— « Bien, répondit un gros, à la figure joviale
» qui préparait un nouveau saladier ; mais, au-
» paravant, goûtez-moi ça, c'est rudement cara-
» biné ! »

Malgré qu'il en eût, le père Cadet dut encore
avaler deux ou trois verres, et ce n'est qu'en bre-
douillant qu'il pût expliquer à Laurent les raisons
de sa demande.

Ce dernier, mis au pied du mur, ne savait que
riposter, quand tout à coup l'avertisseur cria dans
l'escalier :

— « Monsieur Laurent, c'est à vous ! En scène
pour le trois ! »

On entendit des pas précipités, la plupart des
comédiens quittèrent la loge et le restaurateur
demeura avec quelques-uns seulement. — « Bon,
se dit-il en lui-même, à l'autre entr'acte, je serai
plus ferme. »

En attendant, déjà bien éméché, il s'était mis à
rigoler avec ceux qui restaient, causant des parties passées et à venir, demandant des nouvelles
des petites femmes qu'on avait quelquefois em-
menées Chaussée du Maine.

— « Hein ? demanda-t-il, la petite Marion, elle
est toujours aussi gentille ? »

— « Ah ! sacré père Cadet ! toujours vert-ga-

lant! et la patronne, qu'est-ce qu'elle dirait? »
— « Puisqu'elle n'est pas là ! »

Et, s'échauffant, bavardant, criant, le père Cadet sifflait verre sur verre ; les autres, par blague, le poussaient à boire. A l'entr'acte suivant, ce fut le bouquet : on remplit le saladier et on fit monter deux ou trois petites femmes qui lutinèrent le bonhomme en lui faisant des mamours.

Il crevait de plaisir, la tête partie ; on lui parlait tout le temps de lui, de sa cuisine, de son talent à choisir les vins, de son intelligence des affaires ; on lui disait qu'il devrait prendre un théâtre, et il avalait tout cela dans l'odeur empestée de l'atmosphère viciée qui lui troublait le cerveau.

Quant à sa femme et à son argent, il n'y pensait plus : il buvait et parlait sans s'arrêter ; mais bientôt, sans transition, il ne distingua plus clairement les figures, il lui sembla que les glaces et les becs de gaz dansaient une gigue échevelée, il crut que sa chaise s'écroulait sous lui, et il tomba par terre profondément endormi.

Du reste, la représentation était finie ; les acteurs riant comme des fous, empoignèrent leur victime et la descendirent jusqu'à la rue.

Ils hélèrent un fiacre, on l'y plaça avec toutes les précautions imaginables ; on paya le cocher en lui donnant l'adresse et la voiture s'ébranla dans la direction de Montparnasse.

Quand le fiacre s'arrêta devant le restaurant, la mère Cadet était là, à la fenêtre, en costume de nuit, furieuse.

— « Enfin ! pensa-t-elle, voici ce saligaud ! »
Personne ne descendit.

— « Tiens ! il se sera endormi ; — cocher ! » cria-t-elle, secouez donc l'homme qui est dans » votre voiture. »

Le père Cadet s'était éveillé à moitié, et encore dans son ivresse : — « Eh ! Laurent ! un verre ! »

La patronne comprit tout, elle descendit et fit monter elle-même son mari ; puis là :

— « L'argent ? »

— « Quel... quel argent ? »

— « L'argent que tu devais me rapporter. »

— « J'en... j'en ai pas besoin... ils ont payé. »

— « Payé quoi ? »

— « Le bichoff donc ! »

— « Ah ! crapule ! ah ! pochard ! tu t'es grisé et t'as pas rapporté d'argent, tiens ! » et elle lui flanqua une volée, ensuite le déshabilla et le coucha.

Cinq minutes après, la mère Cadet se glissait dans le lit à son tour.

— « Ah ! ronchonnait-elle, ces cabotins ! quelles canailles ! et elle ajouta : « C'est tout de même pas bête d'avoir soûlé mon homme pour ne pas le payer. »

––––––––––

LE FOU GIOAS

LE FOU GIOAS

A Gaston *BÉTHUNE*.

I

La nuit était venue.

La procession du Vendredi saint s'avançait à travers la rue Saint-Michel, se déroulant le long des maisons comme un serpent fantastique : d'abord une longue file de pénitents noirs et blancs avec leurs frocs rabattus, tenant à la main d'énormes cierges qui tremblaient au vent, et formaient çà et là des clartés mouvantes ; puis des moines de toutes sortes et de tous pays, français, italiens, monégasques, pieds nus, en cagoule, marchant comme des spectres et psalmodiant la prière des morts ; à la suite, tout le clergé de la ville de Menton ; enfants de chœur en robe rouge portant la croix voilée de crêpe, curé en chasuble noire, vicaires en surplis et en bonnets carrés, suisses et bedeaux avec les vêtements sombres de la Semaine sainte.

On distinguait à peine dans l'obscurité croissante, les silhouettes de tout ce monde, agrandies par l'ombre ; mais tout à coup, une lueur rougeâtre apparaissait, folle, avec des degrés d'intensité intermittents, tantôt éclairant comme en plein jour, tantôt diminuant avec des gradations bizarres pour repartir plus éclatante, accrochant au passage une corniche de balcon ou une enseigne de marchand, et enveloppant de ses reflets de feu une quarantaine de joyeux gaillards portant des torches de résine, et dansant avec des cris de fauves autour d'un groupe étrange.

Sur trois ais en forme de croix, portés par quatre compagnons, se tortillait un grand gars, à demi nu, piaillant, jurant, gesticulant, et soûl comme une bourrique: c'était le Christ.

Deux autres portés également sur des ais en forme de croix représentaient les larrons ; plus calmes, ils lançaient cependant de temps en temps leur note aiguë dans le concert des braillards. Derrière venaient deux femmes, deux vieilles, sales, avec des mèches de cheveux gris qui leur pendaient de tous côtés et poussant des gémisse-

ments à crever le tympan des plus aguerris :
c'étaient la Vierge et Marie-Madeleine. Quant à
Jean, il avait disparu : on l'avait sans doute
égaré dans quelque cabaret du port.

Enfin, en tas, sans ordre, venait une foule de
peuple, bariolée de toutes les couleurs de l'arc-
en-ciel, pêcheurs au bonnets rouges, ramasseurs
d'olives et de citrons avec leurs costumes de velours, mineurs et carriers avec leurs tricots bleus
et blancs, bonnes femmes du Castellar et de
Sainte-Agnès avec leurs chapaux comme des ga-
lettes, Mentonnaises avec leurs capelines enca-
drant leurs figures bonasses ; et tous, mâles et
femelles, jeunes et vieux, hurlaient des cantiques,
titubant par-ci, se raccrochant par-là, mais avan-
çant toujours comme le flot de la marée.

La procession atteignit la place Nationale, là
une scission se produisit, le clergé et les moines
abandonnèrent le peuple pour remonter dans la
haute ville par la rue de Bréa, et bientôt on vit le
cortège s'évanouir dans le dédale de ces ruelles
obscures.

La place fut envahie par la foule qui se pressait
autour des personnages de la Passion ; on descendit les trois hommes de leurs planches et les
cris recommencèrent.

De grands feux étaient allumés; des rondes
s'organisaient, tandis que de tous côtés, on allait

8

remplir des brocs à des fûts remplis de gros vin
de Sicile noir comme de l'encre.

Au bout de quelques minutes, ce fut du délire :
toute cette tourbe semblable à des bêtes rigolait,
dansait, gueulait, sautait comme un peuple de
fous : au milieu, l'homme qui représentait le
Christ tournait sur lui-même comme un der-
viche, en roulant les yeux et en agitant les bras,
tandis que tous criaient :

« Bravo Gioas ! Bravo Gioas ! » jusqu'à ce que
celui-ci tomba ivre mort.

Alors cette grande foule s'abattit sur place,
pêle-mêle, au milieu des rigoles de vin, devant
les brasiers qui s'éteignirent peu à peu, et à
l'orgie populaire succéda le grand silence de la
nuit avec le murmure de la mer sur les galets.

II

Non loin de l'église des Pénitents-Blancs, dans
une des rues du vieux Menton imprégnées encore des souvenirs du moyen âge, derrière une
vieille maison presque en ruines, sombre avec
des portes basses et des jalousies à l'italienne, se
trouvait un terrain vague, appartenant à la commune et nommé le Charnier : pas un arbre, pas
une plante, pas même une herbe ; c'était un endroit désolé, mort. Seule, dans le fond, une petite

cahute, presque au ras de terre profilait sa masse sombre.

Cette bicoque, lamentable demeure, était faite de torchis et de boue, d'un ramassis de vieilles planches et de pierres arrachées à la montagne avec des ouvertures pour tous les vents, et une entrée comme pour une tanière.

C'est là qu'habitait, couchant sur la terre battue, au milieu de la pourriture, l'homme, qui, lors de la procession remplissait, le personnage du Christ, celui qu'on appelait Gioas.

Ce Gioas était un fou.

C'était un homme de haute taille, un peu voûté, la tignasse rouge, avec une peau comme du cuir, des mains comme des étaux ; quand il marchait, il boitait lourdement.

On ne savait d'où il était venu, ni comment il était venu : on l'avait toujours vu.

On l'appelait le fou Gioas, et il répondait à ce nom. Du reste il était doux comme un enfant, riait toujours et disait : « grazie » quand on lui donnait un sou. Il vivait de la charité publique, courant après les voitures, ou vendait des petits bouquets et des nids d'araignée; lorsqu'il avait quelques *soldi*, il achetait du stockfish et des poivrons;   uvent, des pêcheurs pour le faire danser lui doi ient des débris de *tourta* ou de *pichada*; alors sa joie ne connaissait plus de bornes, il sau-

tait, se tordait, poussait des cris inarticulés;
puis fatigué, s'endormait sur un banc de la promenade du Midi ; tandis que les gamins se le
montraient au doigt.

On l'utilisait dans certaines occasions, lors du
Vendredi saint, par exemple ; il se prêtait avec
docilité à toutes les besognes les plus rebutantes,
et la foule s'amusait de ses gestes désordonnés et
de son ivresse toujours croissante.

On dit même, parmi les mauvaises langues du
pays, que sous cette enveloppe rugueuse et dé-
goûtante, le fou Gioas avait des vertus cachées,
et l'on ajoute qu'une grande et noble dame du
lieu, nouvelle Marguerite de Bourgogne, l'atti-
rait dans sa tour de Nesle ; mais à l'encontre de
son modèle, renvoyait l'heureux mortel après lui
avoir fait prendre une tasse de café au lait, et lui
avoir donné une pièce de quarante sous.

III

Personne ne s'occupait de ce malheureux.
Comme il était inoffensif, on le laissait errer à
travers la ville, s'en allant du jardin public à la
place du Cap, tantôt courant les cabarets à la
recherche de quelque nourriture, tantôt passant
des journées entières à dormir sous les oliviers
du Cap Martin.

Jamais on n'avait eu l'idée de le faire soigner et de l'interner dans un asile : il était comme un chien sans maître, mais connu de tous, attrapant de temps à autre un os ou bien un coup de pied.

Et cependant Gioas avait une passion au cœur.

Un jeune matelot du nom de Carlo Bollini l'avait un jour tiré de dessous une voiture qui allait l'écraser, et lui avait, à la suite, donné quelques soins : depuis ce temps, le fou avait conçu pour son sauveur une de ces amitiés profondes, bestiales même, faites de jalousie et de dévouement. Il le suivait partout, voulant à toutes forces porter ses fardeaux ou faire son travail, le gênant, l'importunant presque par l'excès de sa tendresse.

Quand Carlo partait pour quelque voyage en Sicile ou en Espagne chercher des vins, le fou avait bien des fois voulu s'embarquer ; mais on le chassait avec des coups et le pauvre Gioas regardait partir la tartane aux grandes voiles étendues comme des ailes de mouette, suivant du regard le bateau qui s'amoindrissait dans l'horizon pour disparaître tout à coup.

Alors il demeurait triste, sombre s'enfermait dans sa cahute, et, quand il sortait, ne riait plus aux sous qu'on lui donnait : il semblait atterré, écrasé. Mais quand Bollini revenait, c'était une joie immense avec des cris, des danses, des rires

8.

et des pleurs : c'était le culte d'un sauvage pour son idole.

IV

Carlo Bollini avait pour maîtresse une modiste de la nouvelle ville, nommée Lita Bellond.

C'était une de ces petites grisettes, qui s'en vont trottinant dans la rue, l'œil provocant, la chevelure envolée.

Originaire de Nice, elle avait dans les veines du sang parisien, qui lui mettait dans la tête un grain de la folie des enfants de Paris et donnait à toute sa personne le reflet de la coquetterie si personnelle à nos petites ouvrières.

Lita Bellond était en effet l'être le plus léger, le plus insaisissable qu'on pût trouver. Elle s'était amourachée de Carlo, tout de suite à première vue, sans doute parce que c'était un grand et beau garçon et peut-être aussi parce qu'il avait un bonnet rouge.

De son côté, avec sa nature ardente et son esprit naïf, Bollini s'était laissé prendre sérieusement ; devant le joli minois de la belle, devant ses œillades, ses agaceries, il était tombé éperdument amoureux et proposait même d'épouser. Mais Lita n'en demandait pas tant ; c'était le plaisir seul qu'elle cherchait, et elle pensait qu'avec le mariage, elle perdrait cette liberté d'allure qui lui plaisait si fort.

Carlo avait quelques économies : on s'installa tout en haut d'une maison de la rue du Fortin, et le bonheur dura quelques semaines ; puis Bollini fut obligé de reprendre la mer.

Lita avait eu vite assez de cette liaison : son amant lui déplaisait maintenant, pourquoi ? Elle n'en savait rien elle-même, parce qu'il l'aimait trop, à la façon des madones, avec des adorations ridicules, parce qu'elle avait vu des commis, des jeunes gens de la ville bien mis, avec des gants, enfin parce que son caprice était parti comme il était venu, pour rien.

Bref, elle voulait quitter Bollini ; mais elle le craignait ; elle connaissait son caractère emporté et tremblait à l'idée qu'il pouvait la tuer. Cependant elle se décida : profitant de l'absence de son amant, elle quitta le petit appartement de la rue du Fortin, en y laissant quelques lignes griffonnées sur un papier, et vint se réfugier chez un employé d'agence qui promit de la défendre.

A son retour, Bollini tout joyeux, suivi du fou Gioas qui n'avait eu garde de manquer son arrivée, grimpa lestement les étages et ouvrit la porte. Étonné de ne pas y trouver sa maîtresse, il se disposait à redescendre quand le chiffon de papier tomba sous ses yeux ; il lut et comprit.

Le fou Gioas se regardait, épouvanté, cherchant à deviner, voulant parler, anéanti, devant son ami, qui les yeux éteints, la face blême, s'était abattu sur une chaise.

Subitement Carlo se leva, s'écria « Lita ! » et se jeta par la fenêtre.

V

Bollini se tua sur le coup : le fou était là, avec la foule, étanchant le sang qui jaillissait de cette bouillie humaine, appelant à grands cris : Carlo ! Carlo !

Ce ne fut qu'avec peine qu'on pût l'arracher du cadavre de son ami.

VI

Depuis la mort de Carlo, le fou Gioas était devenu sombre avec un regard mauvais ; quand il sortait, plus sale et plus que déguenillé que jamais, il restait des heures entières sur le galet, étendu de tout son long, renfermé en lui-même, comme s'il ruminait quelque pensée, comme si enfin son esprit se débattait contre sa folie, et avait un point, un but à atteindre.

Quant à Lita, elle avait rapidement pris son parti du suicide de son ancien amant ; elle courait toujours avec son employé d'agence, dansant au Cercle des Étrangers, buvant à la taverne alsacienne, et riant à gorge déployée quand on lui parlait de Carlo Bollini.

Par exemple, elle n'aimait point passer près du fou Gioas.

Celui-ci, à peine l'apercevait-il, courait à sa rencontre en lui faisant des grimaces, en l'appelant P...! On avait beau le menacer, le battre, il tenait bon et de sa voix éraillée, à peine intelligible, il criait jusqu'à bout de forces : « P...! P...! »

Tout d'un coup, il abandonna ses longues poses sur la plage, et recommença ses courses à travers la ville, ne parlant plus, ne courant plus après les voitures ; mais rôdant autour de la maison de Lita.

Il l'attendait le matin, quand elle allait à son ouvrage chez madame Corras, la modiste de la rue Victor-Emmanuel, l'accompagnant sans lui rien dire, mais continuant à lui faire des grimaces horribles et des gestes obscènes, tandis qu'elle, appeurée, lui criait : « Va-t'en donc, sale bête ! cochon ! » et se sauvait toute affolée devant son œil hagard qui semblait lui lancer des éclairs.

VII

Lita était allée porter une commande dans une villa située au delà du Borrigo ; elle revenait en pressant le pas ; car il se faisait tard déjà, six heures environ ; la route était déserte ; le soleil rougissait la mer de ses derniers rayons embrasant le ciel d'un feu d'artifice tout rosé, et couvrant la route de ses mille étincelles d'or : la jeune fille admirait ce splendide spectacle, quand tout à coup, un homme s'élança sur elle, l'œil ardent, la bouche écumante : c'était Gioas.

Elle poussa un cri, et s'enfuit ; mais le fou l'eût bientôt rattrapée.

La malheureuse se défendit avec fureur, poussant des cris désespérés ; mais ses forces s'épuisèrent, l'homme la renversa, et là, sur le trottoir, au milieu de la poussière, il la viola.

Aux cris de Lita, quelques personnes accoururent ; mais ce fut en vain qu'on voulut l'arracher à l'étreinte de Gioas ; malgré les coups de poing et de bâton, il ne lâcha pas.

On prit des pierres, le sang jaillit ; mais le fou tint toujours : pas un gémissement ne sortait de sa bouche ; seule, une longue coulée de bave descendait sur sa barbe.

On ne savait que faire pour sauver la victime qui s'était évanouie et râlait sous cette bête sauvage, quand un chasseur revenant du Cap Martin, vint à passer ; il prit son fusil et cassa la tête au fou Gioas.

Lita survécut à ses blessures ; elle fait aujourd'hui les délices de la marine dans une maison publique de Villefranche.

LE VERMICELLE

LE VERMICELLE

Oscar, vicomte de Gommegute, et Ludovic de Présalé étaient les meilleurs amis du monde. Tous deux se tenaient à la tête du pschut et se partageaient dans une touchante fraternité les honneurs du Cirque, de l'Hippodrome et des cabarets à la mode ; mais hélas !

> Une poule survint
> Et voilà la guerre allumée.

La poule en question était la petite Loulou Vernisset, un petit brin de femme vive comme une anguille, capricieuse comme un cabri et insaisissable comme une hirondelle. Ses yeux pétillants de malice, son mignon nez rose, ses blanches quenottes, et son fouillis de frisons dorés

9

avaient ravi le cœur de nos jeunes cœps qui lissaient leurs plumes et se jetaient des airs de défi quand il s'approchaient de l'objet aimé.

Loulou, pleine d'insouciance, riait avec l'un comme avec l'autre, sans préférence aucune, mais écoutant plus volontiers celui qui était près d'elle. Aussi les deux rivaux avec des raffinements d'Iroquois ou de Hurons se surveillaient de jour et de nuit, se suivant, s'espionnant et ne pouvant faire un pas sans se rencontrer nez à nez : le but de chacun était d'éloigner l'autre afin de rester seul avec la belle et de l'emporter dans un coin inconnu où il jouirait en paix de sa conquête amoureuse.

Toutes les ruses avaient été mises en pratique; mais les fausses lettres, les faux avis, les faux voyages, les déguisements de toutes sortes, rien n'avait réussi.

Enfin, grâce à une soubrette, que Ludovic croyait avoir gagnée et qui le trompa, Octave put écarter son adversaire pendant quelques heures : alors vite les malles, les cartons, les valises, et en route pour l'Italie !

Joué, borné, de Présalé arrive à la maison que les fugitifs viennent de quitter; il menace de tout briser et apprend que madame est partie pour la gare de Lyon. Notre amoureux ne fait qu'un bond et arrive à temps.

Octave et Loulou étaient bien là : elle, riant comme une folle de cet enlèvement soudain ; lui, glorieux avec cette satisfaction de la victoire acquise, mais encore avec un peu de défiance instinctive et cette peur des dangers cachés. Aussi avait-il pris toutes ses précautions : il avait retenu un coupé pour eux seuls et se réservait, si elle voulait faire un pas, de ne la point quitter une minute.

Le pauvre Ludovic sentait bien qu'il ne serait point facile de regagner le terrain perdu. Rester seul un moment avec Loulou ! mais comment faire?

Installé dans le compartiment qui précédait le coupé, il songeait, ruminait, inventait, allait d'une idée à une autre, repoussait celle-ci, retenant celle-là pour la repousser ensuite ; au bout d'une heure de ce travail, il parût avoir trouvé, car il se mit à sourire : « Pourvu cependant, murmura-t-il, qu'ils descendent au buffet,

Dijon ! Dijon ! dix minutes d'arrêt !

Loulou a faim, le vicomte de Gommegute aurait bien voulu demeurer dans le wagon, mais il n'y a pas moyen de récriminer ; il faut se diriger vers la salle.

De tous les côtés, il regarde, il lance des coups d'œil scrutateurs, il ne voit rien d'inquiétant, pas d'ennemis ! Décidément la bataille est gagnée ; ce pauvre de Présalé, quelle tête il doit faire tout seul à Paris !

La petite Vernisset s'était déjà assise et mangeait de bon appétit ! tranquille désormais, le vicomte se met à en faire autant.

Le repas touchait à sa fin, quant tout à coup un garçon portant un potage au vermicelle passe derrière lui, manque de tomber et laisse couler le liquide en entier dans le cou du malheureux Octave.

— « Triple imbécile ! clame celui-ci. »

Loulou se tord de rire, le garçon se confond en excuses, et, dans le fond, l'on entend l'employé qui crie : « Les voyageurs pour Lyon, Marseille en voiture ! »

Notre amoureux furieux regagne le coupé, tandis que sa compagne continue à trouver fort drôle, cette douche d'un nouveau genre.

« Enfin, se dit-il, cela sèchera ! en attendant j'ai le dos et la chemise trempés. » — Le train court et le vicomte attend toujours que cela sèche ; cela vient lentement. Il lui semble maintenant que s'est complètement séché ; il va pouvoir reprendre sa cour auprès de sa belle, quand tout à coup une piqûre le fait tressauter, une démangeaison lui prend dans le dos ; ce n'est d'abord qu'un point, puis deux, puis dix, puis mille ! Bon Dieu ! c'est le vermicelle qui lui aussi a séché, est devenu dur et le picote de toutes parts. Octave se gratte ; mais plus il se gratte, plus la démangeaison augmente ; il a la peau en feu ; ce n'est plus seulement le dos maintenant, c'est même plus bas.

L'infortuné se tortille sur sa banquette, il se frotte contre la paroi, il ne sait plus comment se tenir, tandis que Loulou qui sommeillait dans son coin lui demande : « Qu'est-ce que vous avez à vous agiter de la sorte ; je ne puis pas dormir ? »

« Lyon ! Lyon ! vingt minutes d'arrêt ! »

Le supplice est intolérable : tant pis ! il vaut mieux laisser Loulou seule un moment que de souffrir ainsi pendant tout le voyage ; Octave se précipite en bas du wagon, s'élance à l'endroit que garde une vénérable matrone, se déshabille rapidement, se débarrasse comme il peut de sa pâte d'Italie, dans sa vitesse en garde la moitié, se rhabille et court au coupé :

Il était vide !

C'est en vain que le vicomte chercha dans tous les compartiments, dans toute la gare, s'adressa à tous les échos et à tous les employés ; il resta seul avec sa honte et son vermicelle.

LA MÈRE DUTROU

LA MÈRE DUTROU

A Charles COLOMBEY.

Ah ! la pauvre vieille femme avec ses membres tout tordus, sa face parcheminée, son chapeau de paille en loques et son éternel refrain :

« Achetez-moi mes beaux macarons, achetez-moi mes bons sucres d'orge ! »

Elle était là, près de la gare de Fontenay-aux-Roses, en face le marchand de vin dont l'enseigne se balançait glorieusement et invitait à entrer. Assise au pied d'un grand hêtre aussi décharné qu'elle, la mère Dutrou tenait dans ses pauvres mains toutes sèches, un modeste panier et cherchait à attirer les pratiques en répétant de sa voix traînante :

« Achetez-moi mes beaux macarons, achetez-moi mes bons sucres d'orge ! »

9.

Alors que j'étais tout enfant, elle était déjà bien vieille la brave femme, et, nous allions, un tas de garnements, nous moquer d'elle et lui faire des niches. Par derrière, on lui chipait du pain d'épice et des suçons, et on s'enfuyait comme une volée de moineaux, chantant par dérision :

« Achetez-moi mes beaux macarons, achetez-moi mes bons sucres d'orge. »

Chaque printemps revoyait la mère Dutrou à sa même place, avec son même chapeau et son même panier.

Nous étions devenus des étudiants ; et avec les dames de nos pensées, les Paméla, les Clémentine et les Nana de nos vingt ans, nous allions en bande joyeuse monter à ânes et dîner à Robinson.

Nous descendions à Fontenay : les jeunes femmes gaies, en toilettes claires, un rayon de soleil au cœur et la fusée de rires sur les lèvres, s'arrêtaient devant la mère Dutrou et lui demandaient des nouvelles de son amoureux.

La pauvre vieille soupirait : « C'est beau la jeunesse » ! disait merci, et reprenait :

« Achetez-moi mes beaux macarons, achetez-moi mes bons sucres d'orge ! »

Puis le temps s'était passé, rapide : on avait été jeté aux quatre coins de la société ; bien des camarades s'étaient mariés et j'avais fais comme eux.

J'avais eu vite assez de cette vie banale et fausse, qu'on appelle la vie de garçon : j'avais trouvé une compagne pour m'aimer et que j'adorais : un bébé était venu resserrer nos affections.

Et l'autre jour, tandis que le soleil dardillait, tandis que la nature s'épanouissait et que les oiseaux chantaient dans les branches, j'emmenai ma femme et mon bambin là-bas dans l'arbre de Robinson qui me rappelait ma jeunesse.

Quand nous nous arrêtâmes à Fontenay, je pensai à la mère Dutrou. Elle était encore là assise sous son grand arbre qui ne voulait pas mourir lui non plus.

Mon marmot prit une friandise et je glissai à la pauvre vieille une pièce de cent sous. Elle regarda l'enfant : « Il est gentil, murmura-t-elle, Dieu vous le conserve, mon bon monsieur »; et comme du monde passait, elle reprit si bas qu'on entendait à peine.

« Achetez-moi mes beaux macarons, achetez-moi mes bons sucres d'orge ! »

MAMZELLE TORTILLARD

MAMZELLE TORTILLARD

A René LAFON.

I

— « Ohé ! Clotilde ! »

— « Quoi, p'pa ? »

— « Qué qu'tu fais là-haut ? »

— « J'fais la chambre de m'sieu Herbelin. »

— « J'parie qu'tu lis encore ! »

— « Mais non, p'pa, puisque j'te dis que j'fais la chambre de m'sieu Herbelin. »

— « Dépêche-toi ; faut qu't'ailles chercher les tripes ; j'commence à avoir crânement faim. »

Et le père Moutot s'en alla dans la cour finir son culot de pipe et bavarder un brin avec les voisins.

Le père Moutot était un petit vieux aux cheveux rares et grisonnants, avec un nez trognonné qui reluisait au soleil ; il avait fait tous les métiers et savait pas mal de choses, surtout lever le coude chez les mastroquets du quartier : dame, on ne peut pas toujours être à la peine, il faut bien penser quelquefois à la rigolade, et parce qu'on a un verre de trop dans l'estomac, on n'est pas mort pour ça.

A présent, il était garçon de magasin dans la rue de Paradis, tandis que sa femme était concierge au 86 de la rue d'Enghien avec leur fille Clotilde qui aidait la maman à faire le ménage des locataires sans domestique.

La mère Moutot était une brave femme, un peu revêche, mais qui avait trimé toute sa vie, et qui s'était bien souvent mangé les sangs quand elle voyait son homme louper et cascader au lieu d'aller son droit chemin.

Maintenant, elle était tranquille avec sa place de concierge, ne demandant qu'une chose : mourir en paix dans sa loge.

Au bout de quelques minutes de causette, le père reprit :

— « Eh bien ! N... de D... ! Clotilde, tu n'descends pas ; faut-y qu'j'monte pour te secouer les jupes ! »

— « Vlà, p'pa ; j'descends. »

Et Clotilde s'amena.

Dans le quartier, on l'appelait mamzelle Tortillard ; car la pauvre enfant était difforme ; non seulement bossue, mais toute tournée avec des jambes comme des souches d'arbres et une taille aussi large que ses épaules ; et cependant elle n'était pas laide avec ses grands yeux doux, sa fraîcheur de dix-huit ans et ses longs cheveux roux, qu'elle relevait sur le haut de la tête et qui formaient une masse toute dorée.

II

C'était un dimanche, avec un gracieux ciel de printemps ; la rue ne retentissait plus du heurt des voitures sur le pavé, ni des coups de marteau des emballeurs sur leurs planches ; on se disait bonjour d'une porte à l'autre en revenant d'acheter quelque surprise pour le déjeuner, tandis qu'au milieu de la rue, sur la chaussée déserte, les petites filles faisaient des rondes et chantaient :

C'est aujourd'hui dimanche,
La fête à ma tante,

et que les gamins accroupis jouaient aux billes

avec des discussions sans nombre, se relevant vivement quand de quart d'heure en quart d'heure, l'omnibus de la gare d'Ivry passait en faisant trembler les vitres de son fracas sonore.

Clotilde revenait avec les tripes, les garçons se mirent à crier : « Ohé la fille ! ohé la Tortillard ! » Mais la petite, sans rien dire, traversa la rue et enfila le vestibule de la maison.

La famille Moutot se mit à table : justement ce jour-là, on avait à déjeuner la cousine Ballinard, une parente de la campagne, qu'on n'avait pas vue depuis longtemps ; et en face des bonnes tripes fumantes qui embaumaient la loge, et du petit vin du troquet d'en face, de ce bon petit piccolo qui laissait un rond au fond des verres, on se mit à causer, à parler du passé.

— « Alors, vraiment, disait la cousine, votre aînée a mal tourné ? »

— « Ne m'en parle pas ; Emma était fleuriste ; elle travaillait bien ; elle était rangée ; puis, crac ! un soir, elle n'est pas rentrée. »

On avait fini les tripes ; on servait du lapin, quelque chose de chouette, qu'on avait pris à la gargote du père Cimetière, et on se lichait les doigts à l'avance pendant que la mère Moutot donnait à chacun une grosse portion qu'on dévorait des yeux.

Et la conversation continuait sur cette traînée

d'Emma qui courait les bastringues du boulevard
extérieur : on lui aurait bien pardonné, si ça avait
été avec quelqu'un de comme il faut ; mais avec
un je ne sais quoi, un garçon tonnelier, et maintenant avec tous ces sales hommes de la *Boule
Noire* et de la *Reine Blanche* ; vrai ! elle déshono-
rait la famille.

Quant à Clotilde, au moins avec elle, pas de
danger ; elle n'avait rien à espérer, elle resterait
fille toute sa vie ; mais on était sûr qu'elle ne s'en
irait pas galoper avec tous les voyous du quartier.

— « Eh bien ! tu ne manges pas, Clotilde ? Qué
qu't'as, dit le père, en voyant l'assiette de sa fille
restée pleine ? »

— « J'n'ai rien, p'pa. »

— « Est-ce qu'elle est souffrante, ajouta la
Ballinard, avec une intonation d'intérêt ? »

— « J'sais pas ; depuis quelque temps, elle se
plaint : c'est l'âge : va prendre l'air, Clotilde, et la
mère Moutot reprit :

— « Encore un peu de lapin, ma cousine ? »

III

Quelques jours après, le père Moutot était ren-
tré de son magasin, éreinté, esquinté, ne se tenant

pas sur ses jambes : il s'était fourré au lit, et depuis ce temps, étalé de son long sur le grabat, il se crevait doucement, crachant le sang toute la journée et demandant à chaque minute qu'on lui collât à boire.

Ça faisait rudement de l'embarras dans la loge ; car il n'y avait qu'une chambre pour le mari et la femme et au-dessus une soupente pour la Tortillard. Cré nom ! la mère Moutot en avait sa claque, même qu'elle était quasi malade de soigner son animal d'homme qui n'en finissait pas de casser sa pipe.

Vrai puisqu'il était condamné, et que le médecin avait dit qu'il n'y avait plus d'espoir, il valait mieux qu'il crevât de suite, et qu'il ne donnât pas tant de tracas à tout le monde.

Eh ! puis, quel guignon : Pour compléter la fête, la petite n'allait pas mieux ; elle avait une fichue mine, des yeux culottés de flèvre et des nausées à tout bout de champ. Que pouvait-elle avoir ? Elle répondait toujours, que ce n'était rien, du malaise seulement, l'effet du temps ; on n'avait guère, du reste, le loisir de s'en occuper.

Et cependant, ce n'était pas drôle ce qu'elle avait ; cristi, elle avait beau le cacher sous ses jupons, et sous sa difformité, elle était rudement embêtée ; l'effet du temps : ah ! ouiche ! C'était bel et bien ce salop de Herbelin qui l'avait fichue en-

ceinte, un saligaud qui courait après toutes les
bonnes et qui l'avait attrapée une après-midi
qu'elle allait en haut nettoyer une chambre ; elle
s'était laissée faire, désireuse de connaître
l'homme avec le vice curieux des filles du peuple,
et voilà maintenant que ça lui tombait dans le
ventre.

Dans les commencements, elle ne savait pas ce
que c'était : ces coliques, ces nausées ; puis, un
jour dans l'escalier, elle avait senti que ça bougeait : bon Dieu ! c'était la chose !

Alors, la pauvre dissimulait tant qu'elle pouvait, se tuant à la besogne, faisant l'ouvrage de
sa mère, montant et descendant les étages, lavant
les marches et le corridor, préparant la soupe et
courant à chaque instant chez le pharmacien ou
chez le gargotier du coin.

Et la nuit, pas moyen de dormir avec le vieux
qui gigotait tout le temps et poussait des N... de
D... à faire trembler la maison.

Or, un soir, la petite était montée de bonne
heure à sa couchette ; justement le père ne criait
plus, il geignait tout doucement, comme un enfant qu'on endort, et Clotilde, heureuse de ce
calme inusité, s'endormit.

Elle s'assoupit pendant trois ou quatre heures ;
subitement, une douleur lancinante la réveilla
en sursaut ; une colique effroyable lui déchira les

entrailles, tandis qu'au même moment, voici le vieux qui se remit à beugler, mais cette fois, pour tout de bon.

— « Oh ! mon Dieu ! pensait la malheureuse, pourvu que j'aie la force, et pendant qu'elle se tenait à quatre, respirant à peine, la sueur coulant à grosses gouttes sur son pauvre corps, le travail s'avançait.

Au-dessous, l'autre continuait à gueuler, mais à gueuler ! On sentait que la mort l'empoignait et qu'il ne voulait pas lui céder : on l'entendait se tortiller, faire des soubresauts, luttant avec des cris et des jurements, tandis que la mère Moutot, épatée, perdait la tête et s'ingéniait à soulager le moribond.

La Tortillard n'en pouvait plus : elle souffrait tant ; il lui semblait qu'elle allait éclater en morceaux ; tout d'un coup, elle crut qu'elle mourait, une douleur effrayante la secoua des pieds à la tête, et aussitôt après un indicible bien-être la remit à la vie : un petit corps lui dégoulina dans les jambes et se mit à crier.

A ce bruit, la mère Moutot se tourna vers la soupente.

— « Qué qu't'as, eh ! Clotilde, tu peux pas laisser ton père mourir en paix ? »

Et comme l'enfant continuait à vagir :

— « Mais, m'man, c'est pas moi, c'est le p'tit chat. »

— « F... lui un coup pour qu'il s'taise. »

Subitement, un grand silence se fit ; le vieux ne gueulait plus, ne se débattait plus : c'était fini.

Il était six heures du matin ; le soleil entrait tout joyeux, irrisant le bord de la fenêtre de ses reflets diaprés et jetant un audacieux rayon qui se jouait sur le carreau de la loge.

La vieille se hâta de sortir pour prévenir le concierge d'à côté que le père Moutot était claqué et le prier de faire les démarches nécessaires.

IV

Quand on vida la fosse d'aisances, on trouva le cadavre d'un enfant nouveau-né ; le parquet fit une enquête ; mais personne ne soupçonna la fille Moutot, car on ne pouvait supposer qu'il y eût un homme assez cochon pour faire l'amour avec mamzelle Tortillard.

PIPIPE ET TOUTOU

PIPIPE ET TOUTOU

A André CHARLOT.

Il était une fois chez un marchand d'oiseaux du quai de la Mégisserie un ménage de bengalis.

Ils étaient bien jolis tous les deux avec leur bec rosé comme la joue d'une jeune fille, leur ventre bleu clair comme un ciel de printemps, et leur plumage cendré avec un reflet moiré.

Ils étaient bien jolis et ils s'aimaient tendrement.

Tout le jour, ils jouaient et se caressaient, se becquetant, luttant entre eux avec mille grâces et mille gentillesses; puis le soir, ils se mettaient sur un même bâton, bien serrés l'un contre l'autre et s'endormaient dans une même pensée.

Ils s'appelaient Pipipe et Toutou.

Leur bonheur était complet, et ils n'eussent

demandé qu'à vivre éternellement dans leur petite cage du quai de la Mégisserie, en face de la
Seine qui coule si tranquillement, en contemplant les grands arbres de la berge où les moineaux font des culbutes si drôles et si amu-
santes.

Mais un jour vint où une gracieuse jeune fille
s'arrêta devant la boutique du marchand, acheta
Pipipe et Toutou, et les emporta dans un bel
appartement.

Dans une chambre, près de la fenêtre, se dressait une grande cage semblable à un château du
siècle de Louis XIV avec ses tourelles et ses clo-
chetons; au dedans se faisait entendre un vacarme assourdissant.

La jeune fille prit les bengalis et les mit dans
la grande cage; eux, tout étonnés d'être en si
nombreuse compagnie, se retirèrent sur un bâton éloigné et examinèrent leur nouveau logis et
leurs nouveaux compagnons.

Il y en avait de toutes sortes et de toutes es-
pèces : les canaris avec leur bel habit jaune et leur
belle voix de chanteurs, les chardonnerets tout
vêtus de brun et de noir, le bouvreuil avec son
gros ventre et son beau gilet rouge ; la fauvette à
tête noire avec sa robe grise et sa voix si douce ;
le pinson, toujours sautant, toujours chantant ;
les veuves avec leurs colliers d'or ; le cardinal

avec sa huppe et son costume de pourpre, fier
comme un prince de l'Église, et bien d'autres encore que Pipipe et Toutou ne connaissaient pas.

Au bout de quelques jours, cependant, les bengalis s'habituèrent à leur nouvelle vie ; leurs
camarades n'étaient point de méchants oiseaux ;
parmi eux ni mésanges, ni rouges-gorges qui
mettent le trouble et la guerre dans les maisons
les mieux habitées ; la jeune fille avait bien soin
de son petit monde, et Pipipe, qui était légèrement gourmande, avait remarqué que la nourriture était bien meilleure que chez le marchand
du quai de la Mégisserie.

En outre, on avait fait connaissance avec une
jeune veuve qui demeurait sur le même bâton ;
son mari était mort quelques jours auparavant
d'un refroidissement subit, et le cœur de l'infor-
tunée demandait des consolations. Les bengalis
lui témoignèrent tous les égards dus à son malheur et l'admirent dans leur intimité. Bientôt les
trois amis ne se quittèrent plus : joie, plaisir,
chagrin, tout fut commun entre eux.

Cela fit même jaser dans la cage.

Quand Pipipe s'en allait à l'auget chercher sa
nourriture, elle rencontrait sur son passage des
regards moqueurs, le pinson sifflait un air
étrange qui faisait rire les autres.

Dans les premiers temps, elle ne fit guère atten-

10.

tion, et dans sa naïveté croyait qu'on se moquait de sa gaucherie et de sa timidité; mais certains détails de la vie conjugale qu'elle n'avait point aperçus jusqu'alors, lui sautèrent aux yeux.

Toutou était moins aimable avec elle, et semblait au contraire très gracieux avec la jeune veuve, qui de son côté acceptait parfaitement ses hommages.

Alors Pipipe comprit tout.

Désolée, elle se rendit chez une vieille serine qui avait beaucoup voyagé et qui dans maintes circonstances avait prouvé son expérience de la vie.

« — Voyez-vous, ma fille, lui dit la serine, vos » soupçons ne sont que trop fondés; quand un » mari trompe sa femme, c'est toujours elle qui » le sait en dernier; croyez-moi, les mâles, cela » ne vaut rien; nous autres femelles, nous » sommes destinées à souffrir, aussi vous n'avez » qu'une chose à faire : pardonner. »

Pipipe, le désespoir dans l'âme, rentra au logis : mais quand elle vit la jeune veuve qui était accourue à sa rencontre avec des protestations elle ne put contenir son indignation :

« — Va-t'en, fausse amie, lui dit-elle, tu as » détruit mon bonheur, je te chasse. »

— « Oui, je m'en vais, reprit l'impudente veuve, mais j'emmène ton mari. »

A ces mots, Pipipe se jeta sur son ennemie et lui arracha les plumes de la tête : une bataille terrible s'engagea.

Tous les oiseaux étaient accourus et assistaient au combat; les femelles levaient le bec au ciel et disaient que cela ne s'était jamais vu ; le pinson sifflait : « Tout ça c'est des affaires de femmes »; le cardinal donnait des détails sur la cause de la querelle; tous riaient, applaudissaient, pendant que le pauvre Toutou cherchait à séparer les adversaires et recevait des coups de bec de l'une et de l'autre.

Enfin, au bruit qui se faisait dans la cage, la jeune fille accourut, elle prit Pipipe et Toutou, et les mit dans un endroit séparé.

Ce fut alors pour les deux bengalis une vie épouvantable : en vain Toutou avait demandé pardon, assurant à Pipipe qu'il n'aimait qu'elle seule, et qu'il avait été entraîné au mal par cette méchante veuve; en vain il avait témoigné le plus profond repentir; en vain il avait voulu lui faire les plus gentilles caresses. Pipipe était restée inflexible, et avait déclaré que tout était fini entre eux : plus de joyeux ébats, plus de petits cris de tendresse, plus de sommeil charmant côte à côte, plus rien. Madame dormait au second sur un bâton solitaire, et Monsieur restait au premier, triste et affligé.

La jeune fille, elle aussi, était triste de voir ses petits bengalis ainsi séparés ; elle sentait bien que Pipipe aimait toujours Toutou ; mais qu'elle avait été trop mortellement outragée pour oublier l'offense. A chaque instant la gentille demoiselle venait voir si le jeune ménage avait retrouvé son bonheur passé ; mais les heures, les jours se passaient, et les deux époux étaient toujours fâchés.

Un matin, quelle ne fut pas sa surprise quand elle vit Pipipe et Toutou sur le même bâton, l'un contre l'autre, battant des ailes avec un frémissement d'amour, et se donnant un chaste baiser de paix !

La jeune fille étonnée s'approcha, et aperçut dans le nid qu'elle avait placé à l'angle de la cage un petit œuf blanc tacheté de brun.

L'enfant avait réconcilié les deux époux.

LE SERGENT GAUMETTE

LE SERGENT GAUMETTE

A Julien SERMET.

On dansait chez madame de...

Échappant au noble exercice de la danse, nous nous étions réfugiés dans la serre, et là, respirant avec délices la fraîcheur qui nous entourait, nous devisions joyeusement, tout en fumant des cigarettes et en buvant du punch glacé ; de temps en temps par une porte entr'ouverte, il nous arrivait des bouffées de musique et nous riions des malheureux qui s'exténuaient à sauter en cadence et s'étouffaient les uns contre les autres en essayant de sourire et en poussant des « Ah ! il fait bien chaud ! »

Parmi nous était le commandant Paillard, grand ami de la maison, officier distingué, charmant homme s'il en fût, se piquant d'une teinte de littérature et aimant assez à raconter.

Après nous être bien moqués des gens du salon, comme la conversation languissait : « Voyons, commandant, fis-je, une histoire ; nous sommes bien tranquilles, ces messieurs seront heureux de vous entendre ; il n'y a pas de dames ; vous pouvez marcher. »

Il se fit un peu prier pour la forme.

— « Eh ! bien, puisque vous le voulez ; mais je vous préviens que cela sent le régiment d'une lieue et que c'est légèrement gaulois. »

— « Commandant puisqu'il n'y a pas de dames ; allons arche ! »

Il avala un verre de punch et releva sa moustache du doigt.

— C'était à Sedan ; on se battait depuis le matin, on entendait les grands coups réguliers de la canonnade qui ne cessait pas une minute ; notre régiment était dans un pli de terrain, à côté de la route de Givonne ; et depuis la veille nous étions là, assis dans la boue, sans ordres et sans vivres, pestant et maugréant, tandis que le colonel, qui rageait en dedans et ne pouvait tenir en place, faisait semblant d'être calme et parcourait les rangs pour nous dire : « Un peu de patience, mes enfants ! »

Ah ! ouiche, de la patience ! c'était crevant à la

fin d'entendre du côté de Balan et de Bazeilles un vacarme d'enfer, sans qu'on pût y prendre sa part.

Autour de nous, les obus tombaient drus comme les grêlons en avril ; le sol était ratissé comme un jardin anglais, et avec ça rien dans le ventre : il y avait longtemps que la dernière bouchée de pain et que la dernière goutte d'eau-de-vie étaient descendues dans les talons : cristi ! je ne voudrais pas recommencer ce jeu-là !

Enfin, vers deux heures, un officier d'état-major apporta l'ordre de nous porter sur Givonne ; d'après la dépêche, nous pouvions nous avancer à fond, nous serions soutenus.

Ce fut une joie : on ne pensa plus au déjeuner absent ; les clairons sonnèrent, et en avant ! On gagna la route à travers champs et on prit le pas de course, mais à chaque minute nous dûmes nous arrêter ; le chemin était encombré de fuyards et de blessés ; ce ne fut qu'après bien des efforts que nous pûmes nous dégager de la cohue et aborder l'ennemi.

Il nous fallut d'abord enlever un petit village qui barrait la route et d'où partait un feu terrible ; les Prussiens, retranchés dans les maisons, nous fusillaient de haut en bas, tandis que dans les champs de chaque côté, derrière les murs, les haies, leurs tirailleurs nous tiraient à couvert.

Le colonel était inquiet, on lui avait promis du renfort et rien ne venait, du reste, il ne faut pas s'en étonner, durant toute la campagne, les renforts promis ne sont jamais arrivés.

Malgré notre désavantage, nous finîmes tout de même par enlever ce sacré village quoiqu'il n'y eût qu'une double rangée de maisons et que l'unique rue, la Grand'Rue, comme on l'appelait, fût la continuation de la route; mais ce maudit hameau nous avait donné autant de peine qu'un gros bourg, et dame, bien des camarades manquaient à l'appel.

J'étais alors lieutenant et ma compagnie qui avait attaqué de front avait été pour ainsi dire écharpée; le capitaine avait été tué; le sous-lieutenant idem, il me restait un sergent et un trentaine d'hommes.

Le sergent, c'était Gaumette, un vieux de la vieille, un briscard qui avait été en Crimée, et au Mexique en passant par l'Italie, et que son manque d'éducation avait seul empêché d'être officier; c'était un excellent soldat à la caserne, il n'y en avait pas deux comme lui pour instruire un conscrit, et au feu je n'ai jamais vu d'homme plus tranquille.

Cependant Gaumette souffrait cruellement de nos revers : si d'autres se résignaient, perdaient tout courage, lui se mettait en colère, jurait et ne s'en battait que mieux. Déjà à Freschwiller où nous avions donné, il fallait le voir au début de l'action tout pimpant, tout joyeux, encourageant les hommes par ses rires et ses lazzis; mais quand nous avions dû reculer, le sergent avait changé du tout au tout : lui si gai, si blagueur était devenu triste, sombre, ne soufflant plus que pour lancer entre ses dents : « Oh! les salops! les salops! »

Depuis, ces mots n'avaient plus quitté ses lèvres et on ne savait à qui son juron s'appliquait ou aux Prussiens qui nous battaient, ou aux généraux qui nous faisaient battre par leur incurie.

Aimant beaucoup ce brave homme, j'essayais de lui rendre un peu de gaieté, et dans notre retraite de Werth sur Châlons et de Châlons sur Sedan, je lui disais souvent : « Voyons, Gaumette, attendons un peu et nous leur flanquerons une roulée. »

Il hochait la tête d'un air de doute : à part moi, je pensais qu'il avait raison et je partageais sa tristesse; toujours marcher sans savoir où l'on va, toujours recevoir des coups sans en donner, c'est dur, et quand nous nous élançames sur ce maudit village, ce fut un soulagement; on se battait enfin.

Gaumette lui-même s'était un peu rasséréné; quand, avec sa section, il avait pénétré dans une des maisons, la baïonnette sanglante, son visage

avait eu une lueur de contentement ; quand ensuite nous étions entrés dans l'église où sur le
carreau au milieu d'une mare de sang, gisaient
une centaine de Prussiens avec leurs capotes
grises devenues rouges, leurs casques brisés et
roulant à terre, tandis que les murs criblés de
balles fumaient comme dans une fournaise, le
sergent avait eu un rire silencieux.

Mais sa joie ne dura guère ; le colonel de plus
en plus inquiet attendait toujours le soutien
promis ; des masses noires se développaient au
loin, surtout du côté de Givonne ; les Prussiens
revenaient sur nous.

Pendant que les obus couvraient notre position on voyait la ligne des tirailleurs qui s'avançaient rapidement : dans un quart d'heure au
plus nous allions être tournés.

Il nous fallut reculer ; le clairon sonna la retraite. Ce fut pour Gaumette comme un coup de
foudre ; il blêmit et chancela : je dus pour ainsi
dire le soutenir, tandis que la fusillade devenait
plus intense.

— « Voyons, Gaumette, un peu de sang-froid,
lui dis-je, vous allez vous faire tuer comme un
enfant ; abritez-vous contre le mur. »

J'avais pris le commandement de deux compagnies et formais l'arrière-garde ; pour donner le

temps au régiment de filer sur Sedan, nous arrêtions les premiers assaillants : le sergent avait repris son sang-froid, et tirait comme au champ de manœuvres : presque tous ses coups portaient.

Quand je vis notre colonne hors de poursuite, nous nous repliâmes vivement, et nous reprimes le chemin de la grand'rue pleine de morts et de blessés; à quelques cents mètres en ligne droite, on voyait les casques pointus s'avancer en bon ordre.

Gaumette ne décessait de jurer; c'étaient des S... n... de... D... à faire trembler le pavé, entrecoupés de son : Oh ! les salops ! les salops ! enfin nous quittions le village, quand il s'arrêta soudain, frappé d'une idée subite : il s'accroupit, abaissa son pantalon et vous devinez le reste !

Une pluie de balles vint s'éparpiller autour de lui sans l'atteindre.

Il nous rattrapa en courant.

— « Les salops ! les salops ! s'écria-t-il, ils marcheront dedans ! »

. . . .

— » Et qu'est-il devenu, ce brave Gaumette. demanda l'un de nous.

M. Paillard allait répondre quand la maîtresse de la maison entra :

— » Voyons, commandant, vous n'êtes pas raisonnable, vous m'enlevez tous mes danseurs; allons, messieurs, on vous attend pour le cotillon ! »

MISÈRE

MISÈRE

A Georges BERTAL.

Lui, c'était Polyte Mahieu, un ouvrier à la flemme, épatant à la *Boule Noire* auprès des dames et empaumant tous les cœurs avec ses cravates lâches et ses paroles dorées.

Elle, c'était Louisa Fillion, une petite gentille, avec des yeux pleins la figure, travaillant chez une fleuriste, s'échinant dur et mangeant peu.

Il l'avait rencontrée un jour à la sortie de l'atelier, et elle lui avait plu avec son petit air propret et son sourire engageant; pourquoi aurait-elle résisté, puisqu'au travail on rigolait et on se fichait d'elle quand on parlait des hommes et qu'elle ne savait pas ce que c'était.

Dans les commencements, ç'avait bien marché : Polyte était gentil; il avait quitté ses sales cama-

11.

rades et s'était adonné tout à elle; il l'emmenait
manger une gibelotte chez la mère Poilleux du
côté de Pantin, et là, sur le gazon jaune et court,
on se roulait en se poussant des tapes; quand on
était fatigué, on s'asseyait bien gentiment l'un
contre l'autre en face d'un litre à douze, et le soir
on se dépêchait de revenir dans Paris pour aller
au Château-d'Eau ou à l'Ambigu.

Puis au bout de quelque temps, ç'avait changé;
Polyte s'en allait chaque jour gouaper dans les
assommoirs du quartier; il ne la voyait que le
samedi pour lui chiper sa paye et ne rentrait
que le mardi éreinté, vanné, pour se flanquer au
lit.

Elle s'était plainte doucement de sa petite voix
d'enfant chétive et délicate et lui à peine désoulé
avait empoigné une chaise et l'avait cognée.

Des coups! ça l'avait mise en rage, mais il était
le plus fort!

Alors, elle songea à le laisser en plan; justement il y avait un monsieur bien mis qui la relu-
quait quand elle montait rue Rochechouart; il
était encore jeune avec son chapeau haut de
forme, du linge blanc et des gants; pour sûr,
celui-là ne la battrait pas!

Ce ne fut pas long, elle cavala avec le monsieur,
toute heureuse de lâcher Polyte; mais sa gaieté
ne dura guère; au bout de quelques jours de

bombance et de douceurs, le monsieur la plaqua dans la rue.

Alors elle traîna aux Folies-Bergères, trop gosse et trop mince pour tenter le client; elle fit le persil sur le boulevard, mais elle n'avait pas de carte et manqua d'être emballée; alors elle remonta vers le boulevard extérieur et trottina devant le cirque Fernando à l'affût de l'homme, heureuse quand sur le tard un ouvrier aviné lui donnait quarante sous pour manger le lende- main.

A la fin elle n'y put tenir; ça la dégoûtait, cette vie ignoble; elle se décida tout d'un coup et s'en vint retrouver Polyte dans son garni.

Furieux, il lui flanqua une roulée, mais une roulée qu'elle en garda le lit pendant une quin- zaine, cependant il la reprit avec lui; et elle re- commença sa vie d'autrefois, se tuant à la tâche, battue tous les jours, mais heureuse de ne pas faire le trottoir.

Un soir, Polyte, plus soûl que d'ordinaire, d'un coup furieux l'envoya contre le mur; la tête porta, et la petite s'écroula à terre, morte !

LE BAIN DE PIED

LE BAIN DE PIED

A Émile MAX.

I

Jean Gigoux, dit « Gosier en pente », était le plus grand pochard que la terre ait porté.

A côté de lui tous les célèbres « beuveurs » de l'antiquité, du moyen âge et des temps modernes n'étaient que de vulgaires mazettes, et à quelque arme, c'est-à-dire à quelque boisson qu'on eût voulu, Gigoux eut défié les Silène, les Falstaff et les Coupeau du monde entier.

Ouvrier zingueur de son état, il négligeait le zinc des toitures pour celui des mastroquets, courant du matin au soir les débits du boulevard extérieur, usant cinq ou six camarades à ce tra-

vail d'absorption, et n'étant vraiment à point que
sur le coup de minuit.

Alors avec le calme inhérent aux grandes âmes,
il sentait qu'il fallait rentrer, et non sans avoir
dans sa marche dessiné bon nombre de courbes
gracieuses, il regagnait son logis.

Or l'ami pochard était un sanguin de la plus
belle venue, et on s'étonnait fort que les nombreuses culottes ne lui eussent pas encore joué
quelque mauvais tour.

Certes, c'était le cas de dire qu'il y a un Dieu
pour les ivrognes; et cette fois le dieu en question était représenté par une ménagère, la légi-
time de Jean Gigoux, la petite mère Mélie, comme
l'appelait son époux dans les moments d'expan-
sion.

Elle avait pour son homme les soins les plus
touchants; quand elle le voyait rentrer chaque
soir la face rouge brique, les yeux hors de tête,
au lieu de lui faire de sanglants reproches, ce que
n'eût pas manqué tout autre femme, elle lui donnait un bain de pied bien chaud qui sauvait notre
homme d'une mort certaine, puis avec une bonté
digne de la canonisation, elle le déshabillait, le
couchait et le bordait gentiment dans son lit, où
il ne tardait pas à s'endormir du sommeil du
juste.

Aussi (et que cela serve de leçon aux femmes

du monde), à quelque degré d'ivresse Gigoux fût-
il arrivé, jamais, au grand jamais, il n'avait levé
la main sur sa femme ; il lui obéissait en toutes
choses, et avait toujours pris son bain de pied
avec la douceur d'un enfant aimable et bien
élevé.

II

Les mauvaises connaissances perdent un
homme, dit l'expérience humaine : elles per-
dirent Gigoux.

Au cabaret, parmi les amis et camarades de la
chopine, on avait appris le complément imposé
par l'autorité féminine et les lazzis n'avaient pas
manqué.

— « Tes arpions ont donc soif, eh ! la vieille ? »

— « A quoi qu'il est ton bain de pied : c'est-y
au vin blanc ? »

— « Comment qu'ell' s'y prend ta ménagère
pour te l'faire avaler, eh ! farceur ?... » Et autres
plaisanteries du même ton.

Gigoux piqué dans son amour-propre résolut
de résister à sa femme et durant toute la journée
n'eut qu'une idée, ne pas prendre son bain de
pied.

Avec l'ivresse l'idée s'ancra dans son cerveau, et eût-on été chercher le pape, le sacré collège, et la corporation jésuite avec son général, on n'eût pas fait changer d'avis à ce parfait pochard.

A la vue de son homme rouge comme une tomate et soufflant avec peine, la petite mère Mélie se dépêcha d'apporter la cuve, mais Gigoux la repoussa du soulier.

— « Tu m'embêtes avec ton bain de pied; toujours des bains de pied; j'en ai assez, va plutôt me chercher une chopine. »

Mélie étonnée de cette résistance inaccoutumée, mais pensant que ce n'était qu'une idée passagère facile à détruire, voulut le prendre par la douceur, et tout en remplissant la cuve.

— « Voyons, Jean, enlève tes chaussures, dépêche-toi pour que je te couche après. »

— « Zut ! j'te dis que j'veux pas de ton bain de pied, f... moi la paix. »

La femme forte de son droit et de l'usage insista.

— « Tu vas le prendre. »

— « Non ! M.....! »

— « Si ! » elle voulut lui enlever ses souliers de force.

Alors pour la première fois de sa vie, Gigoux leva la main et envoya une gifle à sa femme; mais une de ces gifles dont le bruit sonore eût renversé les murs de Jéricho. Ce fut trop fort ! la colère débordait ; empoigner la cuve, la jeter à la tête de son homme, ne fut pour la petite mère Mélie que l'affaire d'un moment.

Gigoux fut renversé du coup ; il se releva, ruisselant d'eau ; et trébuchant à chaque pas voulut attraper son épouse pour lui ficher un raclée ; mais ce fut en vain.

Il lui prodiguait les noms les plus doux du catéchisme poissard, quand avisant sur une chaise le chat de la maison, un petit chat noir et blanc que Mélie affectionnait, et qui, dormant paisiblement, s'était éveillé à ce bacchanal, il l'empoigna par la peau du cou et l'envoya à travers la fenêtre : le malheureux animal brisa le carreau et alla tomber dans la cour.

A cet acte de vandalisme, la fureur de la femme ne connut plus de bornes : tuer son chat, cela demandait vengeance. S'emparant d'un marteau, elle tomba à bras raccourcis sur l'ami pochard qui ne put résister à l'attaque et s'écroula sur le parquet au milieu d'une mare de sang.

Au bruit de la lutte et aux cris de la victime, les voisins accoururent et délivrèrent Gigoux des mains meurtrières de la petite mère Mélie.

III

L'épouse à la poigne solide passa en police cor-
rectionnelle.

Le président lui adressa quelques paroles.

— « Prévenue, vous n'ignorez pas que votre
mari a été obligé de garder le lit pendant trois
mois des suites des blessures que vous lui avez
faites ? »

— « Oui, m'sieu le Président, mais pourquoi
qu'il a jeté par la fenêtre mon chat, une bête du
Bon Dieu qui ne lui avait rien fait ? »

— « Le tribunal appréciera. »

Les débats continuèrent; les témoins furent
entendus; maître Dupaitard prononça un plai-
doyer des plus émouvants et le tribunal acquitta
la femme Gigoux.

— « Voyez-vous, dit le Président, en se tournant vers un des juges, ce qu'il y a de plus malheureux dans cette affaire, c'est le chat ! »

LE MARIAGE DE SÉVERINE

LE MARIAGE DE SÉVERINE

A Lucien CRESSONNOIS.

— M'sieu le maire, ils sont complets.

— C'est bon ; j'y vais.

Quelques minutes après, M. l'adjoint, dans la sérénité de son ventre redondant et de sa ceinture officielle, entra dans la salle des mariages.

Tout le monde se leva.

Après avoir jeté un regard olympique sur les quatre ou cinq futurs ménages qui attendaient la manne conjugale, le représentant de la loi fit un signe et tous les assistants se rassirent au milieu des chuchotements discrets et des rires étouffés.

Le premier mariage à célébrer était celui d'Isidore Blutteau, employé à l'administration des

Pompes Funèbres, et de Séverine Boulinier, jeune modiste de la rue d'Enghien.

Le greffier, de sa voix bredouillarde, commença la lecture des actes : puis on appela les parents :

— M. et madame Blutteau sont décédés ; monsieur et madame Boulinier ?

— Nous voilà.

— C'est bien, signez là : les témoins maintenant... monsieur et madame Lunovent?

— C'est moi !

— Monsieur Croqueciboule ?

— Présent !

— Monsieur Belistoir ?

— Également présent !

— Monsieur Peroussi ?

— Je suis là !

Pendant tout ce temps, l'adjoint regardait complaisamment la jeune mariée, Séverine Boulinier, une petite brune assez piquante, l'œil vif et la bouche fraîche, la taille bien prise dans une robe de couleur sombre et dont le pied se trémoussait sous la jupe comme agité par une inquiétude de hâte.

M. l'adjoint, qui était friand de gentils minois et spécialement de brunes piquantes, faisait en lui-même des réflexions folichonnes et ne prêtait point attention à Isidore Blutteau qui, affalé dans son fauteuil, semblait avoir été conduit à l'abattoir et non à la mairie.

Enfin, M. l'adjoint dut cesser son agréable rêverie et prononça le sacramentel: *Je vais procéder à la célébration du mariage.*

Ce fut avec peine qu'Isidore put se mettre sur ses jambes. Ses yeux papillotaient, sa tête retombait sur son épaule, et ses lèvres laissaient échapper des mots incohérents.

L'adjoint s'arrêta étonné: — Monsieur! fit-il à Isidore; l'autre le regarda d'un air hébété, comme se réveillant d'un rêve. Un silence glacial tenait l'assemblée, tandis que la pauvre petite mariée était devenue plus blanche qu'un linge.

— « Mais cet homme est ivre, s'écria l'adjoint; c'est indigne de se présenter dans cet état-là! Revenez après-demain. »

Toute la noce, comme sous le coup de la honte du principal acteur, se retira modestement.

Le surlendemain, le premier mot de l'officier de l'état civil fut pour Isidore; mais hélas! le malheureux, avait encore arrosé le matin de la cérémonie matrimoniale et était de nouveau dans un état épouvantable. L'adjoint furieux quitta la salle sans dire un mot.

C'était grave: il fallut parlementer avec le greffier; grâce à une pièce de cent sous que Séverine glissa dans la main du plumitif, on put arranger

12

l'affaire, et il fut convenu qu'on se représenterait
dans deux jours, mais on promit que, cette fois,
le mari serait sain comme un enfant de six mois.

Quand, pour la première fois, M. l'adjoint entra
dans la salle des mariages, il poussa un cri rau-
que : Isidore était encore plus ivre qu'à l'ordinaire. Alors sa rage ne connut plus de bornes ; il
allait s'exclamer en paroles furibondes quand,
tout à coup, Séverine se jeta à ses pieds toute
tremblante et, fondant en larmes :

— « Ah ! monsieur, s'écria-t-elle, mariez-nous»
tout de même, quand il n'est pas soûl, il ne veut
plus ! »

FEMME ET CHATTE

FEMME ET CHATTE

A MÊLANDRI.

I

Minnie était une délicate et jeune personne, légère comme un sylphe, timide comme une demoiselle, soignée comme un nonnain et gourmande comme une vieille fille.

Elle avait des airs du grand monde, marchait avec grâce et précaution, aimait à être caressée sous le menton, et aimait le blanc de poulet.

Minnie était la princesse des chattes. Elle avait de beaux grands yeux diaprés, qui se plissaient à la lumière et cachaient l'ardeur de sa pensée; elle avait des bandeaux à la vierge, bien séparés et bien ondulés qui donnaient au repos un air charmant de candeur et de naïveté.

12.

Elle avait une belle robe avec des reflets couleur de feu, qui lui faisaient une garniture de volants. Elle avait une [belle chemisette blanche comme la neige, fine comme de la batiste et soyeuse comme des cheveux de blonde. Elle avait la jambe bien prise avec des flammes qui lui faisaient comme des bouffettes.

Enfin, après elle, elle avait une longue queue qui, lorsqu'elle se promenait, formait une traîne de bal, ou lorsqu'elle s'endormait dans une aristocratique paresse, lui faisait un manchon fourré sur ses gants de velours.

Pendant longtemps, Minnie fut sage, pendant longtemps, elle sut défendre sa vertu contre les tentatives des séducteurs ; pendant longtemps, elle garda sa taille svelte et élégante; mais un jour vint où son cœur parla et sa vertu fit naufrage.

Les soupirants étaient nombreux, car la beauté de Minnie rayonnait dans le monde des chats.

Il y en avait d'abord un gros, énorme, qui se targeait de sa naissance, et descendait, disait-il, de la célèbre famille « angora », il se glorifiait de son gros ventre et de son poids extraordinaire, mais ce n'était qu'un trompeur et Minnie fit bien de le repousser, car le misérable n'avouait pas qu'il était privé de ses droits de citoyen.

Mais il y en avait d'autres : un beau grand

avec des yeux doux, en bel habit noir et chemise
blanche ; un beau jeune homme bien élevé et de
bonne maison, qui offrait son cœur d'une voix
tendre avec des roulades qui auraient touché les
plus rebelles.

Mais Minnie ne voulut pas de celui-là.

Il y en avait un grand, tigré, bien en chair qui
lui semblait un peu parent par ses gestes et son
costume ; il avait l'air intelligent et brave ; il ne
craignait point le danger pour s'approcher de
celle qu'il aimait, et aurait défié le fer et le plomb
pour être aux pieds de la princesse.

Mais Minnie ne voulut pas de celui-là.

Il y en avait un autre, rouge, maigre, efflan-
qué, mal peigné, grimaçant et laid, sans foi, ni
lieu, faisant la maraude et ayant des airs de
voyou et de voleur.

Ce fut celui dont Minnie accepta les hommages !

O chatte !

II

Géraldine était une belle jeune fille, blonde
d'un blond Titien qui lui faisait autour du visage
comme une auréole d'or.

Elle avait de grands yeux noirs dont le regard brûlait les audacieux qui l'approchaient et qu'elle savait adoucir sous l'ombre de ses cils longs et soyeux ; sa bouche était une grenade en fleur ; ses narines roses frémissaient au moindre souffle de sa pensée ; sa taille ronde eut fait damner la chrétienté entière ; enfin quand elle passait, elle laissait après elle, cette sensation d'amour qui, pendant quelques instants, rajeunit même un vieillard.

Pendant longtemps Géraldine fut sage ; pendant longtemps elle repoussa les amoureux qui voltigeaient autour d'elle ; pendant longtemps, elle fut inexorable aux soupirs et aux larmes de la passion ; mais un jour vint où le dieu Éros se vengea cruellement, et Géraldine succomba.

Elle avait repoussé un banquier homme d'âge et de fortune qui, avec son cœur offrait même son nom ; mais le malheureux n'offrait rien de ce qu'il fallait à l'idéal d'une femme, et sa demande n'eut pour réponse qu'un éclat de rire.

Elle avait repoussé un jeune notaire, bien fait de sa personne et renté ; elle avait refusé ses cadeaux et son cœur ; et devant son insistance à la poursuivre, Géraldine s'était fâchée.

Elle avait repoussé un jeune peintre, beau garçon, vif comme un papillon, gai comme un pinson et spirituel comme Paris tout entier.

Elle n'avait pas voulu de sa gaieté et de son esprit.

Il y avait dans la maison qu'habitait la princesse, une espèce de commissionnaire en marchandises, rouge, laid à faire peur, œil louche, pied plat, bête comme un Allemand, honnêteté douteuse, et n'ayant pas même l'excuse moderne d'avoir de la fortune.

Ce fut lui qui.....

O femme !

NARCISSE

NARCISSE

A Léon MILLOT.

I

Le crépuscule s'abattait sur la forêt de Saint-Germain ; le soleil fuyant essayait encore de percer de ses lueurs rosées les voûtes feuillues des massifs et des taillis, tandis que le sol silencieux se brunissait d'ombre ; il était environ sept heures : une belle soirée d'août.

Sur une des voûtes de la forêt qui mènent à Maisons-Laffitte, trois gendarmes s'avançaient au petit trot de leurs chevaux, ráides sous le tricorne, mousqueton accolé à la selle, sabre pendant, revolver à la ceinture.

Ils venaient le brigadier Boland et ses deux hommes Barral et Durieu de conduire un malfai-

13

teur dangereux à la prison de Saint-Germain, et ils étaient bien aises de rejoindre leur caserne de l'avenue Longueil.

On devisait joyeusement, respirant la fraîcheur qui tombait des arbres, tandis que les chevaux harassés d'une longue course et de la chaleur de la journée, mais sentant le retour à l'écurie, continuaient leur petit trot au cliquetis des gourmettes.

Tout à coup dans l'épaisseur d'un fourré un coup de feu retentit, les chevaux dressèrent les oreilles, les gendarmes s'arrêtèrent et à quelques mètres d'eux sur la route, un chevreuil vint s'abattre; tout de suite après, un homme en blouse sortit du taillis et se précipita sur l'animal.

Les gendarmes s'élancèrent sur le braconnier; mais à leur vue celui-ci se retourna; quand ils ne furent qu'à quelques mètres, il arma son fusil et fit feu; puis sautant à nouveau le fossé qui bordait le chemin, il se mit à courir en s'effaçant derrière les arbres.

Le brigadier voyant l'homme s'échapper, détacha son mousqueton, l'épaula et à son tour fit feu, le fuyard sembla chanceler, mais n'en continua pas moins sa course.

Le gendarme Barral avait été blessé à la tête et s'était affaissé sur sa selle; tandis que son camarade Duricu le descendait à terre, et tâchait d'étancher le sang, le brigadier se jeta à bas de son cheval et le revolver au poing entra dans le taillis : suivant une longue traînée rougeâtre qui indiquait la trace du fugitif, il aperçut au bout de quelques minutes de recherche, l'homme étendu de tout son long serrant encore dans ses doigts crispés un fusil à deux coups ; la face était horrible, toute congestionnée, toute tordue par la souffrance de la fuite ; au-dessus de la hanche, une blessure béante laissait couler le sang goutte à goutte ; il était mort.

Le brigadier revint en courant sur la route : Barral avait repris connaissance : la blessure était légère ; bientôt la tête bandée avec des mouchoirs, il put se hisser sur son cheval et fut prêt à repartir.

Les deux autres allèrent chercher le cadavre.

« Tiens, dit Durieu, c'est Blériot le maraudeur, il a voulu tâter du braconnage ; ça ne lui a pas réussi ; cré nom ! c'est une fière canaille de moins ; dites donc, brigadier, vous ne l'avez pas raté tout de même ! »

Ils emportèrent le corps et Durieu le prit sur le devant de sa selle ; ensuite les trois gendarmes reprirent au pas le chemin de Maisons.

A leur arrivée dans la commune, la foule s'amassa, on courut chercher le maire et le médecin : le docteur pansa le blessé et constata le décès puis on dressa procès-verbal, et on remplit les formalités exigées par la loi.

Quand tout fut fini, le maire, un petit gros avec des lunettes, ajouta d'un ton pédant : « Il n'y a plus rien à faire avec le criminel, qu'on le porte chez lui. »

On improvisa une civière, deux hommes la soulevèrent et précédé du brigadier et de Durieu la foule se dirigea vers la demeure de Blériot.

C'était une cabane sur la lisière de la forêt du côté du chemin de fer, une espèce de cahute en torchis et en boue qui semblait se confondre avec le sol.

On arriva bientôt ; on cogna à la porte.

— « Ohé la mère Blériot ! Ohé la mère Blériot ! »

— « Qué qu'y a ? fit une voix à l'intérieur. »

— « Il est arrivé malheur à votre mari, nous vous le rapportons. »

On entendit du bruit, la porte s'ouvrit, et la femme apparut, une grande femme forte, solide comme un homme.

A la vue des gendarmes, de la civière et de la foule, elle comprit tout.

— « Ah ! gredins ! canailles ! vous l'avez tué ! » puis se reculant dans la hutte avec l'ardeur d'une bête sauvage, elle prit un pistolet sur une planche et ajusta le brigadier.

— « Je parle qu'c'est toi qu'a fait l'coup ! Tiens, salop ! »

On se précipita sur elle, la balle se perdit dans le toit. Saisissant alors ce qui lui tombait sous la main, la femme Blériot engagea une lutte acharnée, se débattant avec une force extraordinaire ; mais ce fut en vain, elle fut renversée et garrottée.

Aux cris de la femme, au tapage de la bagarre, de dessous un tas de linge, sortit un enfant de sept à huit ans qui, voyant sa mère aux prises avec quatre ou cinq hommes, se jeta sur eux avec toute la rage de la faiblesse.

Comme on le repoussait doucement, il revint à la charge un couteau à la main cherchant à frapper ; force fut de le lier aussi, et on emmena le tout à la gendarmerie.

II

La femme Blériot fut déclarée coupable de tentative de meurtre et la cour d'assises de Versailles la condamna à cinq années de réclusion. On voulait envoyer le petit dans une maison de correction ; mais une brave femme du pays, la mère Livoire, une grosse marchande de fruits

et de légumes de la rue du Mesnil demanda et
obtint l'autorisation de se charger du gosse.

Il s'appelait Narcisse ; et par une singulière
destinée des noms, Narcisse Blériot était un des
plus laids enfants qu'on pût trouver : produit de
deux alcoolisés, mal venu, mal soigné, il était
petit, rachitique, avec les yeux en trous de vrille,
le nez camard, la lèvre plissée et l'œil mauvais.

Durant les premiers jours qu'il fut chez la mère
Livoire, il se tint dans un coin, renfrogné avec le
regard en dessous d'un chien enragé, répondant
par des injures à la brave femme qui avait pris
en piété ce fils de misérables et lui disait d'une
voix pleine de douceur :

— « Allons, voyons, mon chéri, mange ta
soupe. »

Peu à peu, cependant, devant les bons traite-
ments de la fruitière, il se montra moins rétif, il
commença à s'apprivoiser et perdit sa sauvagerie
première ; mais en gardant toujours son caractère
méchant et sournois.

On voulut l'envoyer à l'école : à huit ans, en effet,
il ne savait ni lire, ni écrire, il refusa : il y eut
des scènes terribles avec la maman Livoire ; car
celle-ci voulait faire de Narcisse un bon sujet et
plus tard l'adopter.

Quand il vit qu'il n'était point le plus fort, il
rusa, il sembla se résigner et se rendit à la classe ;

il fut bientôt le fléau du père Filon, le maître d'école ; il tourmentait les petits, volait les plumes et les livres, se battait avec les grands, et chez les enfants comme chez les hommes le vice ayant sa contagion, il organisa bientôt une bande de galopins qui faisaient les cent coups, s'en allant dans les champs, déterrant le pommes de terre, cueillant les légumes, saccageant les fleurs et s'éparpillant comme une bande de moineaux à l'approche du propriétaire exaspéré.

Quand il n'avait pas organisé une de ces maraudes ou lorsque ses camarades n'avaient pas voulu le suivre, Narcisse se promenait seul dans la ville, semant la terreur parmi les enfants qui jouaient dans le parc et donnant cours à ses instincts en les battant et en leur volant leurs jouets.

Mais où Narcisse devenait terrible, c'était lorsqu'il apercevait un gendarme ; il semblait pris d'une rage furieuse comme d'un accès de fièvre chaude, on eût dit que le sang paternel lui remontait à la tête et lui faisait voir rouge ; sans savoir ce qu'il faisait, égaré, l'écume à la bouche, le malheureux enfant saisissait des pierres, et lorsque le gendarme passait à sa portée, les lui lançait de toute la force de son bras.

Narcisse était devenu la bête noire du pays ; aussi bien des fois avait-il reçu des calottes, des coups de pied et des coups de balai ; quand elles

le voyaient, les ménagères lui jetaient leurs eaux
sales, et les hommes ne se gênaient point pour lui
appliquer des volées de gaule sur les reins ; Narcisse ne disait rien, ne pleurait point, mais se
vengeait toujours ; à l'un c'était ses poules enle-
vées, à l'autre c'était son réservoir crevé, et même
un fermier du Mesnil qui lui avait donné une
leçon exemplaire avait vu sa grange détruite par
un incendie.

Le maire, le même gros à lunettes, recevait des
plaintes continuelles et parlait de faire interner
ce maudit garnement ; à plusieurs reprises, il
s'était rendu chez la mère Livoire, lui avait fait
de sévères reproches et l'avait menacé, si les in-
cartades de Narcisse continuaient de s'adresser au
Procureur Impérial.

La brave femme en pleurs, protestait de son
mieux, tandis que dans un coin le coupable roulait sa casquette entre ses doigts, prenait un air
bête et ne répondait pas.

La mère Livoire promettait que l'enfant se
conduirait bien ; elle le lui faisait promettre cent
fois. Le maire se retirait en disant : « Voyez-vous,
madame Livoire, ces Blériot, c'est de la ver-
mine, » et quelques jours après les farces reprenaient.

III

Tant bien que mal, vers 1870, Narcisse avait atteint ses quinze ans : on l'avait mis à la fabrique de papiers de M. Houdin, où il pouvait se faire une place en travaillant ; mais il était aussi mauvais apprenti qu'il avait été mauvais écolier, et devant son inconduite, on avait été obligé de le renvoyer : c'était, du reste, ce qu'il voulait.

Il avait alors tout à fait le type du voyou parisien : la face blême, le nez pincé, les yeux clignotant, puant le vice et la débauche, toujours petit, toujours malingre, figure usée sur un corps d'enfant. Il s'en allait maintenant avec une bande de sales gens tirer des bordées dans Paris ou dans les alentours de Maisons, se tuant le corps et le cerveau dans des noces dégoûtantes, buvant à plein verre de l'absinthe et du casse-poitrine, se soûlant à tout bout de champ ; avec cela, retors comme un habitué des prisons centrales, et tirant au besoin le couteau, lorsqu'il se colletait avec ses camarades : pour un gamin de quinze ans, cela promettait.

La mère Livoire en était désespérée ; elle avait eu de longues conférences avec le curé, le maire menaçait de plus en plus ; et elle prenait la ferme

13.

résolution de se montrer sévère, de punir même ;
et quand Narcisse rentrait, cigarette aux lèvres,
accroche-cœur aux tempes, l'air narquois et vainqueur, elle commençait à le gronder, mais lui :
« As-tu fini, la mère ?... donne-donc la soupe... tu
veux pas ?... eh ben ! j'm'en vas ! »

Et la pauvre femme qui l'adorait comme s'il
était son propre fils, le retenait par tous les
moyens possible. Quand elle lui donnait une pièce
cent sous, il devenait charmant, il l'appelait sa
bonne petite maman Livoire, lui racontait des
histoires qui la faisaient rire, lui promettant de
s'amender et d'apprendre à travailler ; puis, à
peine la vieille avait-elle le dos tourné, qu'il filait
pour aller avec les camarades manger la « roue de
derrière » dans quelque caboulot de Sartrouville
ou de Carrières.

Narcisse connaissait maintenant tous les che-
napans de la banlieue, et Dieu sait si le malheureux enfant ne trempait pas dans les vilaines
aventures qui se produisaient dans les environs
de Paris.

Il n'avait qu'un but : s'amuser.

C'était surtout à l'époque de la fête commu-
nale que Narcisse était à son affaire ; il ne quittait
plus Maisons-Laffite, faisant le gentil avec la mère
Livoire pour avoir quelques pièces blanches et
aller tirer aux tourniquets des baraques ; ce

qu'il affectionnait, c'étaient les jeux d'adresse :
pour deux sous au jeu de quilles, il gagnait souvent un lapin ; au jeu des couteaux, il en ratis-
sait des douzaines au nez du marchand embêté.

Et le dimanche soir au bal Willis ! C'était son
triomphe ! Ce moucheron de quinze ans courait
déjà après les filles, les faisait tourner comme
pas un, leur coulait des douceurs à l'oreille et
leur payait des consommations variées. Les filles
se laissaient faire, riaient aux propos grivois de
ce gamin et avalaient les verres de bière et de
limonade fraîche. Eh puis ! sa manière de danser,
apprise à la *Boule Noire* ou à la *Reine Blanche*,
étonnait les indigènes de Maisons qui restaient
bouches béantes devant ses écarts fantastiques et
ses sauts de saltimbanque.

Mais pour entretenir la noce, il faut de l'argent ; la mère Livoire n'était pas riche, et Narcisse, bien que canaille, aimait la bonne femme
et ne lui eût jamais dérobé un sou ; aussi, s'in-
géniait-il à trouver par tous les moyens possibles
de quoi suffire à ses vices ; il allait en forêt chercher des bruyères qu'il vendait aux bourgeois en
villégiature ; il attrapait des lapins et des faisans
au collet ; il portait à la gare les paquets des
voyageurs ; il allait même voler de pleins paniers
de fruits qu'on lui achetait à Paris.

On sut bientôt qu'il vendait du gibier : le maire

craignit alors les réprimandes de l'administration et écrivit au parquet de Versailles pour qu'on décernât un mandat d'amener contre Narcisse Blériot.

On était au mois de juillet 1870 ; quelques jours après, la guerre éclatait.

Au bruit de la déclaration, Narcisse, avec l'insouciance d'un enfant, avait été à la mairie et avait demandé à s'engager : l'employé se mit à rire en voyant ce bout d'homme :

— « Eh ! va donc, l'avorton, te faire moucher par ta mère ! »

Narcisse, rageant, les larmes aux yeux, se mit au lit, et n'en bougea pas de plusieurs jours.

Alors, il ne vagabonda plus par la campagne ; mais restait dans l'avenue Longueil, qu'il parcourait en tous sens, s'arrêtant aux cafés et demandant des nouvelles de la guerre.

Bien des fois, les gens qui le connaissaient, ne lui répondaient que par des injures ou des coups ; mais lui, sans rien dire, ni se rebiffer comme autrefois, s'en allait tranquillement. Souvent, il courait tout d'une traite à Paris, s'arrêtant au ministère de la guerre pour regarder les affiches qui ne lui apprenaient rien, ou bien marchant sur le boulevard pour écouter les conversations et lire les journaux étalés à la porte des kiosques ; puis il revenait à Maisons, harassé, moulu, ma-

lade, ne répondant pas à la bonne mère Lavoire
qui, inquiète, lui disait :

— « Pour sûr, t'es malade ; qu'est qu't'as ?
quoi qui t'est arrivé ? »

IV

Les Prussiens avançaient toujours comme ces
nuées de sauterelles qui gagnent petit à petit les
pays d'Afrique et dévastent tout sur leur passage.

A l'approche de l'ennemi, presque tous les
Parisiens, qui possédaient des maisons de campagne et qui ne venaient que pendant la saison
d'été, quittèrent le pays, soit pour s'enfermer
dans Paris, soit pour se mettre à l'abri dans un
département éloigné, mais la population de Maisons dut rester et vit bientôt les Allemands débou-
cher par la route de Saint-Germain. C'étaient des
Bavarois avec leurs casques à chenille, leur costume sombre et la couverture enroulée autour du
corps. Quelques dragons marchaient en éclai-
reurs, carabine levée. Ce ne fut pas long : le détachement de cavalerie se porta à la mairie : le
maire dut s'incliner devant les ordres d'un officier
qui lui remit la liste des objets réquisitionnés ;
puis l'infanterie s'avança par l'avenue Longueil
pour s'installer dans la ville et dans le parc.

Tous les gosses du pays étaient là, regardant de leurs grands yeux étonnés ces uniformes bleus et noirs, ces têtes carrées et sans expression, ces rangs serrés marchant avec la régularité d'une machine. Ils étaient là ces pauvres gosses, habitués à courir devant le tambour-major des pantalons rouges, accompagnant les *ra* et les *fla* de nos tapins par de joyeuses gambades.

Narcisse était aussi sur le trottoir tout près de la chaussée, blême, serrant les dents, et tellement absorbé dans une rage muette, qu'il n'aperçut pas un officier qui marchait hors des rangs et se trouva sur son passage :

— « Eh ! foyou, vè ti figé lô gamp, » fit l'Allemand d'un air mauvais.

Narcisse se retourna furieux et lui fit un pied de nez. Aussitôt, le lourd poing du Bavarois s'abattit sur sa figure et l'enfant tomba évanoui.

De braves gens transportèrent le petit dans un café voisin, on le pansa, et le coup n'eut point de suites.

Aux Bavarois vinrent se joindre de nouvelles troupes qui s'établirent commodément chez l'habitant et dans les villas du parc : un fort détachement occupa la gare du chemin de fer, et l'ennemi se disposa à passer le mieux possible le temps du siège de Paris.

Au bout de quelques semaines, Maisons présentait l'aspect d'une ville allemande : les officiers se promenaient à cheval dans la forêt ou allaient prendre le bitter dans les cafés, faisant retentir le pavé du choc de leurs grands sabres : des bandes de Poméraniens se promenaient bras dessus, bras dessous, causant et riant ; tous les matins, on voyait les compagnies faire l'exercice dans les allées et le dimanche dans l'avenue Églé la musique jouait des valses de Strauss et d'Offenbach.

Placées en seconde ligne et protégées par la Seine, les troupes qui occupaient Maisons avaient peu besoin de surveillance ; aussi, se rattrapaient-elles des fatigues du commencement de la campagne, aussi, dans le parc, était-ce une fête continuelle : installés dans les maisons abandonnées, les officiers se recevaient les uns les autres, buvant le vin des caves, chassant le gibier de la forêt, brûlant les meubles et les arbres et faisaient des noces à tout casser.

Les soldats suivaient l'exemple de leurs chefs et plus d'un, qui aujourd'hui arrache les pommes de terre dans les landes de son pays, doit regretter le temps où on s'amusait si fort dans les villas des Parisiens.

Du reste, le général Von der Tonhyven qui commandait à Maisons, grand pochard devant l'Eternel, aimait assez le faisan et le perdreau arrosés de nombreuses bouteilles de Saint-Emi-

lion ou de Château-Margaux, et ses officiers
étaient sûrs de lui plaire en lui offrant quelqie
petit repas bien soigné.

Ce brave général eût été le plus heureux des
hommes dans cette petite Babylone, où l'on
mange si bien et où les Français vous troublent si
peu sans un événement qui vint déranger la sérénité de son existence : depuis quelques jours, il se
commettait des vols de fusils, tantôt c'était dans
les maisons de la ville, pendant l'absence des
soldats, tantôt dans les maisons du parc pendant
la nuit ; plusieurs fois même, à la gare, des *dryse*
furent enlevés.

Les hommes furent sévèrement punis de leur
négligence ; une enquête fut commencée qui n'a-
boutit point ; malgré les soins, les précautions,
les fusils continuaient à disparaître, et le général
Von der Tonhyven exaspéré, promit une récompense de cinq cents marcks à qui ramènerait mort
ou vif l'audacieux voleur.

V

Dans le chemin bordant la Seine qui conduit au
pont de Sartrouville, vers dix heures du soir, un
enfant marchait rapidement, enfonçant dans la

neige sous le poids d'un lourd fardeau ; il allait
franchir la haie qui le séparait de la rivière,
quand soudain il s'arrêta ; derrière lui, des pas
sourdissaient dans l'ombre et bientôt apparut
dans la blancheur crue du sol, la silhouette de
deux uhlans.

Pris de peur, il jeta ce qu'il portait et s'enfuit ;
au bruit, les uhlans s'élancèrent et le virent qui
détalait à toutes jambes, tandis qu'à terre gisaient
deux ou trois fusils.

C'est le voleur, se dirent les cavaliers, et excités
par l'idée de la récompense, ils mirent leurs
chevaux au galop ; mais le fugitif avait quitté le
chemin et cherchait à s'enfoncer dans les jardins
qui bordent le fleuve. Les Allemands mirent pied
à terre et la chasse continua.

Bien des fois les uhlans furent sur le point de
saisir le fuyard, mais celui-ci d'un mouvement
rapide se dérobait derrière un arbre ou une haie,
et dans l'obscurité reprenait son avance ; enfin au
bout d'une demi-heure de course effrénée, ils
avaient fini par l'acculer contre un mur et sem-
blaient maîtres de lui, quand avec l'adresse d'un
chat, l'enfant escalada le mur : il en avait déjà
atteint le sommet lorsque les uhlans voyant leur
ennemi s'échapper, et avec lui les cinq cents
mar 's du général tirèrent leur revolver et firent
feu.

Le malheureux atteint dans le dos, perdit l'é-
quilibre et s'abattit aux pieds même des soldats ;
une balle lui avait traversé le cœur.

Les uhlans revinrent chercher leurs chevaux et
reprirent le chemin de Maisons.

Le lendemain, au matin, on apprit que le voleur avait enfin été découvert, et qu'on avait été
obligé de le tuer pour s'en emparer.

Le maire fut prévenu.

— « Tiens, dit-il, devant le petit cadavre, c'est
Narcisse » ; et se tournant vers un officier : « Sans
vous en douter, c'est un rude service que vous
nous avez rendu ! »

Dans tout le pays ce ne fut qu'un cri : « C'est
une fière canaille de moins ! »

Six mois après la pauvre mère Livoire mourut
de chagrin.

LA FEMME NUE

LA FEMME NUE

A Gaston MIGEON.

I

Raymond Charvet et Ludivine Moëssan avaient
été élevés ensemble : leurs familles liées par une
parenté éloignée l'étaient plus encore par une
amitié profonde et un commerce de chaque jour :
aussi les deux enfants ne se quittaient-ils point ;
s'appelant petit mari et petite femme, ce qui
faisait sourire les parents dans la pensée d'un
avenir joyeux.

Puis, encore adolescent, Raymond avait en
quelques mois perdu son père et sa mère ; il était
parti pour le collège et l'absence avait fait envo-
ler comme un fil de la Vierge ce rêve d'amour
enfantin.

Plus tard, tout entier à ses plaisirs et à ses études, plein d'ambition et de volonté, il voyait cependant les Moëssan de temps à autre, aimant à se rappeler les souvenirs d'autrefois.

De son côté, Ludivine était devenue femme ; mais quoique bien faite et de taille élégante, elle n'était point belle, plutôt laide, avec des préten- tions et des coquetteries bêtes, se passionnant pour la première moustache venue : son idée fixe c'était le mariage; peu lui importait l'homme, elle voulait un mari. Il se fit attendre et elle se rongeait les doigts en voyant toutes ses amies partir les unes après les autres pour le joli voyage des noces : chaque fois, demoiselle d'hon- neur, elle rageait en dedans, au comble de l'exas- pération quand une dame lui lançait d'un air bénin : « Et à quand votre tour, ma mignonne ! »

Enfin il arriva ce tour tant désiré; un préten- dant se montra, jeune encore, employé dans le commerce, ni trop malin ni trop bête, sans grande tournure, mais ayant quelques manières du monde où il avait des relations : Léopold Ri- bert connaissait depuis quelques années la fa- mille Moëssan; sa situation était nette, sa répu- tation irréprochable, le mariage eut lieu.

Mariée, Ludivine n'embellit point : ses traits au contraire s'accentuèrent, gravant ainsi davan- tage les défectuosités de son visage; mais sa nature magnifique s'épanouit, ses formes s'arrondirent dans un développement harmonieux : quand au bal elle entrait découvrant ses épaules éburnéennes et le commencement de sa gorge aux reflets de satin, on ne pouvait s'empêcher de l'admirer, tandis que le mari se ronronnait dans le contentement de sa propriété satisfaite.

Dans ces fêtes qu'elle aimait avec furie, madame Ribert rencontrait quelquefois Raymond ; lui, venait tranquillement serrer la main à Léopold et causer un instant avec Ludivine, conservant le tutoiement des jours passés avec la demande de petits détails que permettent les vieilles intimités.

Maintenant la jeune femme observait son ami d'enfance, toute étonnée des découvertes qu'elle faisait ; sans être beau, il était bien, grand, avec l'allure d'un homme fort ; il se dégageait de sa personne un air de distinction native et de gentilhommerie mondaine qui se mariait à une gaîté vive et à un esprit piquant : eh ! puis il avait fait du chemin, le petit Monmon, comme on l'appelait jadis : peintre et peintre de talent, il avait remporté des succès au Salon ; fort estimé dans les milieux artistiques, il s'était fait une place honorable et promettait d'arriver au premier rang de l'école moderne.

Et elle le comparait à son mari étriqué et banal

qu'on invitait par politesse et qui se perdait dans la foule des habits noirs, tandis que l'autre voyait les amabilités se presser autour de lui. Alors une rage sourde la prit : pourquoi n'avait-elle pas épousé Raymond et renouvelé ainsi les promesses de leurs premières années : elle serait alors fêtée, choyée comme la femme d'un homme célèbre ; et sa fureur croissait quand elle voyait les femmes attirant le jeune peintre, heureuses de l'avoir à leur côté ; elle blêmissait quand elle le voyait aimable avec toutes, empressé auprès des plus belles, et se disait dans toute la colère de son être : « Il doit aimer une de ces créatures, et moi je l'aime ! »

Cette passion devint une torture de chaque jour, de chaque minute ; son cœur se broyait comme pris dans un étau ; il lui semblait que son crâne allait éclater ; elle avait des alanguissements morbides, puis des rages à tout briser ; cette vie ne pouvait durer : il lui fallait à toute force assouvir ce désir qui la tuait.

— « S'il connaît ma figure qui est laide, pensait-elle, il faut qu'il voie mon corps qui est beau, il faut qu'il désire cette chair qui frémit pour lui ». Et dans le monde où elle le voyait, elle se décolletait outre mesure, tandis que son mari riait niaisement aux compliments flatteurs qui pleuvaient sur lui.

Mais Raymond ne comprenait point et croyait lui donner un simple conseil en lui disant : « Ludivine, la couturière échancre trop tes corsages, tu pourrais être ridicule. »

Alors elle se décida, et entre deux danses, brusquement, les yeux tendus par l'audace de l'acte, elle lui fit l'aveu de son amour : lui, souriant, avec un peu d'ironie, la reprit doucement en lui faisant comprendre la folie de sa démarche, lui rappelant ses devoirs, et, sur son insistance, lui déclara d'un ton brusque :

— « Mais je ne t'aime pas. »

— « Est-ce parce que je suis laide ? »

— « Non, parce que je ne t'aime pas. »

Alors avec la ténacité des femmes, elle le poursuivit partout, dans ses occupations et dans ses plaisirs. Furieux il l'avait plusieurs fois querellé durement, et elle, sans amertume, sous l'avalanche des reproches, lui répondait : « Je t'aime et je te veux ! »

II

Raymond était dans son atelier en train de travailler, quand on vint lui annoncer qu'une dame l'attendait au salon.

En entrant il vit une femme voilée et envelop-
pée d'un grand manteau : elle se découvrit,
c'était Ludivine.

Pour éviter le scandale, il la voulut prendre
avec de bonnes paroles; mais elle : « Tu vois, je
suis venue jusque chez toi, il faut que tu me pos-
sèdes, il le faut ! » Et comme Raymond allait se
retirer, d'un geste rapide, elle laissa tomber son
manteau qui s'abattit à ses pieds comme un large
oiseau des îles, et elle apparut nue, toute nue,
dans la splendeur de son corps; ses cheveux noirs
s'écroulaient sur sa nuque et ses épaules, et en
faisaient ressortir l'idéale blancheur; ses seins
se tenaient droits avec leur roseur nacrée, fré-
missant sous l'ardeur du désir; la taille ondu-
leuse se cambrait avec des mouvements d'amour,
les cuisses fuyantes demandaient les enlacements
fous, et les deux bras, comme un collier vivant, appelaient Raymond dans une. étreinte su-
prême.

Il s'arrêta, frappé de tant de beauté, presque
ému par cette perfection féminine; mais l'artiste
seul était touché et l'homme avait conservé son
sang-froid.

— « Oh ! fit-il, tu me fais honte. »

— « Tu ne veux pas ! tu ne veux pas ! »

— « Malheureuse ! »

Alors saisissant un poignard arraché à une panoplie, sans faiblir, sans un mot, avec la rapidité de la pensée, elle se l'enfonça tout entier dans la poitrine.

Elle tomba, et le sang couvrit sa nudité de son flot vermeil.

COMMENT JE ME SUIS MARIÉ

COMMENT JE ME SUIS MARIÉ

A Gaston CORBIN.

I

Quelle sotte chose que l'administration avec ses employés, ses exigences, ses lenteurs et ses paperasses !

C'est à elle sans contredit que je dois d'être marié. Non point que je me repente d'avoir accompli cet acte ultra-légal ; car ma femme est charmante et j'ai trois bambins qui font autant de bruit qu'une brigade de cavalerie lancée au triple galop : brouhaha bien cher au cœur d'un père.

Mais enfin, moi, Louis-Prosper Sicard, j'avais toujours juré que l'écharpe du maire n'écla-

bousserait jamais mes yeux de ses reflets multi-
colores, et que je chausserais les pantoufles du
célibataire le plus endurci. Vous comprendrez
aisément qu'il est toujours triste de se voir en
contradiction avec soi-même.

Voici donc comment l'accident m'advint :

J'attendais (car on attend toujours) à la mairie
du dixième arrondissement que le bureau militaire voulût bien m'ouvrir ses portes pour re-
cueillir quelques renseignements sur le service
que la patrie me réclamait pendant vingt-huit
jours.

Dans la même pièce, au fond, près de la fenêtre, dix à douze personnes gesticulaient, péro-
raient tandis qu'un garçon de bureau leur demandait comme dans un refrain :

— « Enfin ! votre témoin n'est pas arrivé ? »

— « C'est étonnant, faisait un gros à la figure
apoplectique, qui crevait dans une redingote trop
étroite, Ledru qui est toujours exact...; on l'a
pourtant bien prévenu. »

— « Oh! ce n'est pas étonnant, riposta un autre
en forme d'échalas, avec une cravate blanche et
des gants gris perle; dans votre famille, on est
toujours en retard. »

— « Mais, mon gendre ! poussa le gros rou-
geaud. »

La porte du bureau militaire s'ouvrit; et je ne

pus suivre la discussion ; mais quand je ressortis
le diapason s'était élevé; la tonalité était devenue
plus aigre; toute la noce s'en était mêlée; on ne
s'entendait plus ; il y avait de l'orage dans l'air.

Comme je m'arrêtai un instant pour dire un
mot à un employé qui passait, le monsieur à la
redingote trop étroite, pris d'une inspiration sou-
daine, s'approcha et dans une grimace qui simu-
lait un sourire :

— « Pardon, monsieur, excusez mon indiscrétion, êtes-vous pressé ? »

Je ne compris pas tout d'abord.

— « C'est qu'il nous manque un témoin et si
vous aviez quelques minutes à perdre, nous vous
serions bien reconnaissants de... »

J'allais répondre que je n'avais pas le temps,
quand j'aperçus la mariée qui, d'un regard
anxieux suivait la mimique de son père.

Elle était, ma foi, toute gentille avec ses grands
yeux noirs qui brillaient sous la frêle blancheur
de son voile, sa taille ronde qui se cambrait dans
le luisant du satin ; et en moi-même j'admirais la
petite main finement gantée qui froissait les plis
de la jupe dans un mouvement d'impatience plein
de grâce et de naïveté.

Cet amoureux spectacle me fit changer d'idée.

— « Parfaitement, dis-je ; je serai très heureux
de vous être utile à quelque chose. »

Le gros monsieur me remercia vivement ; puis me présenta à la famille ; à sa femme Eulalie Baluchon, à sa fille Lucile, à son futur gendre Isidore Loupiot et à un tas de gens dont les chemises trop empesées coupaient les cous ainsi que des carcans et qui tenaient leurs chapeaux bêtement comme des campagnards aux comices agricoles.

Quant au papa beau-père, il s'appelait Ludovic-Bastien Baluchon, demeurait aux Batignolles et était employé au ministère de l'agriculture et des engrais.

La présentation faite, il se précipita au dehors.

— « Nous sommes au complet, cria-t-il ; mais il revint au bout d'une minute. — Le maire en marie d'autres ; et puis il faut de nouvelles formalités pour monsieur qui veut bien remplacer Ledru. »

— « En v'la-t-il des embêtements, grogna Isidore Loupiot, que ma présence agaçait ; nous n'avons pas trop de temps, il y a encore l'église ; il est joliment embêtant votre cousin, nous sommes obligés de nous adresser à des étrangers. »

— « Ce n'est pas aimable pour monsieur, fit la mariée dans un joli sourire qui laissait voir les dents les plus blanches du monde. »

— « Oh ! dans votre famille, ils sont tous comme ça ! c'est de la pose ! »

— « Dites donc, mon gendre, vous n'êtes pas poli. »

— « Oh ! je sais bien, vos parents ne peuvent pas me supporter, parce que je suis riche, et qu'ils n'ont rien. Étaient-ils toc les cadeaux qu'ils nous ont faits ! »

Je sentais que tout se gâtait, je m'interposai.

— « Voyons, messieurs, fis-je, en un pareil jour ! en ma qualité de témoin, je puis vous dire que de telles discussions pour des motifs aussi futiles... »

— « Mêlez-vous donc de ce qui vous regarde, clama Isidore qui ne se contenait plus. »

La colère m'empoigna. Comment ! ce malotru, cet espèce de mal taillé allait épouser une femme charmante, délicieuse, exquise ; par un sentiment que je ne comprenais pas, mais qui m'entraînait, je consentais à lui servir de témoin, et, pour comble de politesse, il m'agonisait de sottises ! Ah ! mais non !

Du reste, le papa beau-père ne me donna pas le temps de montrer mon mauvais caractère.

— « Mon gendre, cria-t-il, dans un flambloiement de son nez rouge comme braise, vous n'êtes qu'un paltoquet ! »

A ces mots, une gifle retentit ; je vis des poings se lever, des cannes s'entre-croiser, j'entendis des cris de femme ; je me jetai au milieu de la mêlée, je reçus un coup dans l'estomac, un autre dans l'œil, un troisième sur le nez et je m'effondrai au milieu des hurlements de la bataille.

II

Les blessures n'étaient pas bien graves, et le lendemain j'étais sur pied. Étendu dans un fauteuil je réfléchissais aux événements de la veille, voyant dans le nuage des souvenirs le joli visage de la fiancée, quand un violent coup de sonnette me fit sursauter.

Bon! pensais-je, serait-ce Isidore qui vient achever son ouvrage !

Non, c'était M. Ludovic-Prosper Baluchon qui, sans me laisser le temps de respirer, m'accabla de protestations, m'abreuva d'excuses, me surchargea de remerciements et finalement m'invita à dîner pour le soir même.

— « Vous comprenez, fit-il, en terminant, nous serions heureux de recevoir celui qui a pris notre défense... voyons, faites cela pour ma fille. »

Je promis d'être à la soupe sur le coup de sept heures exactement.

On avait mis les petits plats dans les grands ; la nappe blanche, bien tirée, luisait sous l'étincelle des verres et des couverts, tandis que le dessert habilement disposé formait comme un jardin aux mille couleurs.

Naturellement, on parla du mariage manqué, de la brutalité du futur, et j'appris que ce monsieur n'avait jamais plu à Lucile, que seuls ses parents l'avaient poussée à cette union.

Sans me l'expliquer, je sentais un vif plaisir à voir ces projets rompus, à entendre de piquantes moqueries partir de lèvres adorables sur un imbécile qui avait manqué son bonheur.

Petit à petit, je me laissai prendre au charme pénétrant qui se dégageait de la jeune fille; tous ses mouvements, ses attitudes, ses paroles formaient un ensemble enchanteur qui me poignait et me grisait; et puis, n'y avait-il pas un coup de la Providence ? N'était-ce pas elle qui m'avait fait la cause du conflit? Je ne pouvais, je ne devais pas désobéir à de tels enseignements !

Enfin, j'étais pincé !

Cependant j'hésitais encore, lorsque, la semaine suivante, allant faire une visite à M. et madame Baluchon, on me raconta qu'Isidore, l'infâme Isidore avait eu l'audace de revenir à la charge, de témoigner le plus profond repentir; et, ô ironie des choses humaines! les parents cherchaient à raccommoder l'affaire. — Vous comprenez : une si belle position !

Ils me prenaient à témoin, les bourreaux !

Oh ! alors je brûlai mes vaisseaux. Je répondis que M. Isidore Loupiot n'était qu'un drôle, un saltimbanque, un insolent et... je formulai ma demande.

Un mois après j'épousai Lucile.

Voilà comment de témoin, je passai mari !

Mais des administrations, ne m'en parlez jamais !

———

LA PERFECTION

LA PERFECTION

A Léon STRINTZ.

Amélie de Nielbrune naquit un matin d'automne : le temps n'était ni beau ni laid, point de soleil ni de pluie; point de chaleur, ni de froid.

Au lieu de vagir et de crier comme font tous les petits mortels pour protester contre la lumière du jour, elle se tint coite comme une poupée et se laissa envelopper dans les langes de de la meilleure grâce du monde.

Elle grandit tout doucement ne causant ni embarras, ni ennuis à ses parents charmés : les dents lui vinrent sans qu'elle souffrît ou tout au moins qu'elle parût souffrir; elle se tenait tranquille sous les terribles et charmantes colères des bébés : elle était d'une sagesse qui surprenait ses proches ; aussi disait-on volontiers : « C'est une perfection ! »

Devenue fillette, elle était raisonnable comme une grande personne, jouant seule, sans jamais tacher dans quelque espièglerie ses mains ou ses robes. Quand venaient des enfants pour s'amuser ensemble, ce n'était jamais elle qui commettait les sottises qui font que les parents grondent, quoique les autres prétendissent qu'elle en faisait autant qu'eux ; mais c'étaient sûrement des calomnies, et les mamans la citaient comme un exemple en disant : « Amélie, c'est une perfection ! »

Quand elle fit sa première communion, le curé déclara qu'il n'avait jamais vu d'enfant qui comprît mieux ses devoirs religieux et qui sût mieux son catéchisme. A la pension, la directrice ne cessait de chanter ses louanges : c'était une élève modèle : jamais de réponses vives et insolentes aux maîtresses ; toujours ses cahiers bien tenus et son pupitre bien rangé ; jamais de punitions et toujours des récompenses. Mais le mérite a souvent des envieux et les petites camarades, par jalousie sans doute, disaient qu'Amélie était une rapporteuse et que l'on faisait des injustices en sa faveur.

Jeune fille, elle ne fut ni belle ni laide, ni élégante ni disgracieuse ; mais toutes les qualités qu'elle possédait en germe s'amplifièrent : ce n'était pas elle qui se serait permis ces éclats de rire scandaleux ou ces gaietés inconvenantes dont sont coutumières les jeunes personnes à l'heure des distractions : elle ne comprenait point ces causeries, ces bavardages inutiles entre compagnes du même âge ; elle recherchait au contraire le commerce des gens âgés et les ouvrages sérieux.

Quant au monde, il ne lui plaisait guère et elle n'y allait que pour satisfaire aux exigences de la société, car elle dédaignait ces amusements frivoles et grossiers et ne pouvait souffrir la danse où un homme a la faculté de vous prendre par la taille et de vous serrer contre lui : ses paroles étaient toujours empreintes de la plus grande sagesse et de la meilleure réserve ; et les mères de famille étonnées disaient : « Heureux le jeune homme qui l'épousera ! C'est une perfection ! »

Il s'en présenta un, charmant d'esprit et bon de caractère, ayant suffisamment vécu, de nom honorable et de fortune solide. Amélie avait déclaré que le mariage n'était pas sa vocation, mais, enfin pour faire plaisir à ses parents elle céda et devint madame de Linnin.

Hélas ! comme elle avait raison de vouloir fuir les liens de l'hyménée ? Jamais son mari ne comprit sa nature austère et chrétienne ; jamais il ne

partagea ses pensées pleines de l'amour de l'idéal
et du devoir : il ne pensait qu'aux joies terres-
tres ; il ne voyait dans l'existence qu'un voyage
agréable et n'avait qu'un but : le bien-être et le
comfort ! Toutefois le malheur d'Amélie n'était
pas ignoré et l'on blâmait ce misérable mari en
disant qu'il n'était pas digne d'avoir une épouse
d'une perfection aussi grande et d'une vertu
aussi haute.

Du reste, il sentit bientôt lui-même son infé-
riorité : son caractère ridiculement gai devint
plus sévère ; ses conversations sottement en-
jouées devinrent plus graves, et sa femme ne dé-
sespérait pas de l'amener au bien quand il mourut subitement.

Madame de Linnin fit voir une douleur décente :
on admira avec quelle force elle sut supporter
son chagrin : — « Ah ! disait-on, c'est dans ces
douleurs qu'on voit les grandes âmes ! Partout le
meilleur accueil lui était réservé ; les portes des
salons les plus fermés s'ouvraient toutes grandes
devant elle ; les gens les plus estimés venaient lui
demander conseil ; son autorité était sans conteste
et ses décisions sans appel. Gare à la jeune fille
qui riait sans contrainte pendant un quadrille !
malheur à la jeune femme qui commettait une
imprudence ! La rigide Amélie voyait tout et
d'un mot flagellait la coupable. Que lui impor-

taient les réputations flétries ou les larmes des malheureuses ! Elle, qui n'avait jamais failli, ni même été tentée de faillir, poursuivait le mal de ses sarcasmes et de ses ironies pour le plus grand bien de la vertu.

Elle vieillit, entourée de l'admiration des gens les plus considérables, et mourut à l'âge de soixante ans en laissant tout son bien aux églises.

Quand on apprit sa mort, ce ne fut qu'un cri : « C'est une sainte qui va au ciel! »

Et, en effet, sa renommée avait traversé les espaces et gagné le séjour céleste ; le bon Dieu avait dit : « Quand viendra cette estimable dame, n'oubliez pas de me prévenir que j'aille la recevoir ; c'est bien le moins que je fasse pour tant de perfection. »

Donc quand elle arriva, le Bon Dieu prit son air le plus riant et vint avec sa musique d'anges et de chérubins ; mais après les salutations et les compliments, madame de Linnin fit observer au Bon Dieu que la musique était bien profane pour la Divinité, et qu'en outre tous les anges et chérubins faisaient bien du bruit devant le Très-Haut.

— « Que voulez-vous, madame, fit le Père Éternel, ils sont jeunes, et ça me fait plaisir de les entendre rire. »

Étant entrée dans le Paradis, et ayant regardé

15.

les gens qui s'y trouvaient, madame de Linnin fit de nouveau observer que le monde était bien mêlé et que c'était fort gênant de se trouver en pareille compagnie.

— « Ma fille, répliqua le Tout-Puissant, je sais que vous êtes parfaite et je sais que rien ne vous échappe, mais je suis obligé de fermer les yeux : cependant puisque vous êtes là je vous donne la direction du Paradis.

Amélie commença alors ses réformes : Elle fit taire tous les jeunes anges bruyants et tapageurs ; elle interdit les jeux dans l'Éden, et, toute la journée, on dut faire des prières, chanter des cantiques et brûler de l'encens devant le Seigneur ; puis elle faisait des sermons aux Archanges et aux Dominations sur leurs devoirs religieux et sur leur reconnaissance envers le Créateur.

Ça n'amusait pas le Bon Dieu qui trouvait le temps long ; d'autant plus que madame de Linnin s'était ingérée petit à petit dans toute l'administration du ciel et avait accaparé tous les emplois.

Les bienheureux n'osaient élever la voix contre celle en qui le Maître avait mis sa confiance ; mais un jour que le Bon Dieu voulait faire entrer au paradis une pauvre femme qui, après avoir fauté, s'était repentie, et que madame de Linnin refusait de donner les clefs qu'elle avait prises à saint Pierre, alors le Bon Dieu agacé l'empoigna et la flanqua à la porte avec un grand coup de pied quelque part.

— « Celle-là, s'écria-t-il en poussant un soupir de soulagement, elle m'embêtait avec sa perfection ! »

LE CERCUEIL

LE CERCUEIL

———

A MOLOCH.

On sonna. — Deux hommes entrèrent avec la grande boîte. — La jeune fille à peine éveillée et encore dans le trouble des larmes les fit passer dans la chambre à coucher ; ils déposèrent au pied du lit leur funèbre fardeau et se retirèrent sans un mot, habitués à la douleur.

Le jour naissait : la morte dans la blancheur des draps semblait une statue qu'on voit sur les tombeaux des abbayes ; les yeux clos, les narines pincées, les lèvres entr'ouvertes, tout donnait l'illusion du sommeil. La jeune fille, au bas de la couche, agenouillée, s'appesantissait dans l'idée de la séparation éternelle, tandis que la lumière tamisée par les volets augmentait et que les piaillements d'oiseaux commençaient sur les toits voisins.

Comme sortant d'un songe, la jeune fille se leva; elle contempla longuement celle qui peu de jours auparavant l'appelait encore sa fille et qui était étendue dans la rigidité de la mort.

Maintenant, elle allait être seule dans la souffrance de la vie, sans appui, sans soutien; sa pensée se rattachait à ce corps qu'on allait enlever tout à l'heure et livrer aux morsures de la terre.

En se retournant, la jeune fille heurta le cercueil; elle s'arrêta troublée : c'était là dedans qu'allaient se détruire les restes de la chérie; c'était là dedans que, sinistre ouvrage du temps, la chair allait devenir poussière, selon le mot de l'Écriture.

Ses yeux s'arrêtèrent sur les planches de chêne avec une expression de haine et de jalousie; car c'était ce bois, cette matière inanimée qui allait lui ravir la bien-aimée.

Tout à coup, une horrible pensée la fit tressaillir : l'idée de s'étendre dans le cercueil et d'avoir, elle vivante, la sensation de la dernière demeure, vint lui torturer le crâne; elle voulut chasser la monstrueuse envie et se remit à prier, mais l'épouvantable obsession revint plus forte, lancinante, écrasante! les mots qu'elle voulait adresser à Dieu ne venaient plus sur ses lèvres;

ce désir fou, inéluctable la martyrisait : elle lut-
tait contre elle-même ; mais la prière ne la sou-
tenait plus ; fascinée, elle se rapprocha du cercueil.

Subitement elle prit son parti, et sans trembler,
comme pour en finir plus vite, elle enjamba le
rebord, puis s'étendit de son long, la tête en ar-
rière, dans un assoupissement de curiosité satisfaite. — D'abord un peu de calme lui vint ; puis
l'horreur de l'acte lui apparut terrible : dans
quelques heures sa mère serait là où elle osait
jouer la comédie de la mort ; une contraction
spasmodique lui saisit le cœur, il lui semblait
que quelqu'un la regardait, la fixait ! — elle leva
la tête et resta pétrifiée : il lui semblait que tout
avait changé : la morte respirait, le drap se soulevait avec des mouvements réguliers, tandis
qu'un bruit sourdissait comme un râle d'agonie
étouffé ; du plafond se détachaient des appari-
tions apocalyptiques ; du mur se dressaient des
figures satanesques avec des rictus d'hystériques.

La malheureuse se raidissait dans un tremble-
ment de ses nerfs ; ses tempes battaient, une
sueur froide couvrait son corps et son épouvante
grandissait devant le spectacle qui s'offrait à elle.
Le soleil, maintenant, traversait crânement les
volets et venait piquer de ses feux tous les objets
de la chambre. Un rayon se jouait sur le lit et
venait caresser le visage de la morte, se posant

sur l'arête du nez, papillotant sur l'œil qu'il faisait parfois revivre et dansant gaiement comme un follet dans les cheveux qui rougissaient, bleuissaient et prenaient toutes les couleurs de l'arc-en-ciel. Un autre plus fort courait sur le plancher et formait une grande nappe rougeâtre; il s'approchait, revenait, vacillait, reculait pour revenir encore avec des arrêts de coquetterie; et la jeune fille, sous l'étreinte du frisson, croyait voir une mare de sang; son cœur se secouait dans des sursauts désordonnés; la peur pénétrait toutes les fibres de son être comme un poison qui se glisse dans les veines.

Elle voulait crier, mais il lui semblait qu'une main osseuse, décharnée, lui serrait la gorge; elle voulait se lever, mais ses doigts étaient incrustés au bois, et elle voyait la langue de sang franchissant le rebord, gagnant ses jambes et ses bras; — tout d'un coup elle entendit comme le bruit d'une eau qui se vide; elle ressentit un choc dans la poitrine et sa tête retomba au fond du cercueil, inerte.

UN NOUVEAU VERT-VERT

UN NOUVEAU VERT-VERT

A PICCULAGA.

!

Je venais d'arriver à la gare de Lyon, et je devais prendre l'express de 8 heures 27 du matin; j'allais à Vichy me reposer pendant le mois de juillet des fatigues de l'année.

Selon une noble habitude dont je n'ai pu me départir, j'étais légèrement en retard; je me hâtai donc de prendre mon billet; je fis rapidement enregistrer mes bagages et je me précipitai sur le quai.

Marchant tout le long du train, je cherchai un wagon hospitalier où je pus trouver un coin pour avoir de l'air et des compagnons aimables pour fumer. Mais déjà les voitures étaient à moitié remplies ; déjà les valises, couvertures, sacoches, paniers, cartons, cannes, parapluies, livres, journaux couvraient les banquettes, et à ma question vingt fois répétée : « Y a-t-il un coin ? » on me répondait invariablement : « C'est complet. »

J'allais m'adresser à un employé, quand, tout à coup, j'aperçus un compartiment à peu près vide : deux personnes seulement, deux dames, dont l'une présentait le plus charmant visage qu'on pût rêver.

Pas d'hésitation, je grimpai dans le wagon ; j'étalai mes bibelots sur toutes les banquettes ; je redescendis et me plaçai carrément devant la portière, décidé à ne laisser monter personne. Pensez ! il y avait peut-être là matière à aventure galante ! Quelle aubaine !

Ma faction ne dura guère longtemps. — En voiture ! en voiture !... Clac..., clac..., les portières se ferment bruyamment, la machine fait chou... chou... et nous voilà partis.

II

Alors j'enlevai mon pardessus, plaçai tous mes petits bagages dans le filet et m'installai dans un coin.

Sous couleur de lire un journal, je me mis à examiner attentivement mes compagnes de route : l'une était une dame âgée, l'air assez respectable, avec une certaine bonhomie dans la figure, mais laissant voir un goût déplorable dans le choix de ses chapeaux ; du reste, la vieille dame m'importait peu, car c'était l'autre dont la vue m'avait fasciné, entraîné, jeté dans ce wagon ; je ne pouvais m'arracher à sa contemplation.

Quelle charmante petite femme ! Quelle délicieuse petite créature !

Très enthousiaste de ma nature, j'étais devenu extatique devant la merveilleuse enfant que le hasard et la Compagnie P.-L.-M. avait placée près de moi, et que j'étais loin de mes premières idées de conquête facile et de bonne fortune !

Figurez-vous une des figures de Jean Béraud, de ces ravissantes Parisiennes, avec leur petit air coquet, de longs cils ombrageant de grands yeux bruns remplis de malice et d'esprit, un nez mignon aux narines finement retroussées qui palpitent comme des ailes, une petite bouche rouge comme du sang et, pour encadrer ce frais visage, une foule de frisons d'un blond cendré venant se jouer jusqu'à la naissance du cou.

Et puis, quelle simplicité, quelle élégance dans la toilette ! quelle harmonie dans les formes et quelle grâce ! quelle limpidité de regard !

J'étais, passez-moi le mot, j'étais emballé !

Et mon imagination travaillait, travaillait : était-ce une jeune fille avec sa tante ou sa gouvernante ; était-ce une jeune femme allant retrouver son mari, accompagnée d'un chaperon ou d'une amie de la famille ; était-ce, enfin, une jeune veuve, avec sa dame de compagnie ? Je m'arrêtai complaisamment à cette dernière hypothèse, et, sur cette nouvelle donnée, mon imagination repartit de plus belle.

III

Ayant terminé mon examen, je résolus d'entrer en communication. Avec une adresse digne d'un diplomate chinois, j'offris le *Figaro* à la vieille dame, qui me remercia vivement ; mais je ne pus m'attirer un mot de la jeune, pas même un regard.

Comme elle reposait près d'elle un journal illustré, je lui présentai la *Vie parisienne*; elle refusa d'un ton sec.

Cependant, je ne me tins pas pour battu, et je lançai quelques phrases à l'usage des salons du monde : « Le temps est beau...; il fait bien chaud..., etc. » Nouveau silence. Décidément, c'était une vertu farouche. J'étais désolé.

Enfin, nous arrivons à Cosne : quatorze minutes d'arrêt... Ces dames descendent ; je me précipite à leur aide, les accompagne vers le buffet et je leur demande la permission de m'asseoir à leur table, ce qui me fut accordé. Comme on tardait à nous servir, je bouscule les garçons, la demoiselle du comptoir, le patron, si bien qu'on nous servit les premiers. L'estomac est toujours reconnaissant, et un gracieux sourire me paie de tous mes soins. Mais quatorze minutes, c'est peu, surtout pour déjeuner, et nous remontons en wagon, ayant à peine terminé.

La glace était rompue.

En homme de précaution, j'avais rempli mes poches d'une foule de friandises ; j'offris des fruits, des biscuits, des bonbons ; de son côté, la vieille dame avait une véritable provision ; nous fîmes la dînette ; c'était charmant.

La jeune femme daigna me dire que j'étais prévenant ; la vieille me déclara que j'étais très aimable ; bref, j'étais enchanté.

La chaleur était très forte, et au bout de quelques minutes, la tante, la gouvernante ou amie, je ne sais, s'endormit.

J'étais donc en tête à tête avec l'objet de mon admiration, et plus nous nous approchions de Vichy, plus mon enthousiasme augmentait ; c'était maintenant du délire ; mais je craignais de tout

16

gâter par quelque imprudence, et je lui contais
des banalités courantes. Nous causions de Paris;
je lui parlais des théâtres, du *Monde où l'on s'en-
nuie*, de *Frou-Frou*, des concerts, des événements
de la semaine; elle me répondait doucement, avec
un air de modestie divin, sans se livrer, avec des
craintes de paraître trop expansive ou trop con-
fiante. Et je m'en voulais, me trouvant ridicule,
bête, mais rempli de timidité et de respect devant
cette beauté si calme et si radieuse.

IV

Nous voilà déjà à Saint-Germain-des-Fossés; la
dame se réveille en sursaut et prépare ses bagages.
Son premier mouvement fut de prendre un large
panier à claire-voie que je n'avais pas remarqué,
de l'ouvrir et d'en tirer un magnifique perroquet.

Mais j'étais trop occupé pour faire attention à
ce nouveau voyageur. Nous parlions poésie, littérature; j'exprimais justement à la jeune femme,
sans en penser un mot, d'ailleurs, combien j'ai-
mais le roman à la mode: l'*Abbé Constantin*; en
véritable jésuite, je lui faisais entendre que j'admirais vivement cet amour chaste de la jeune fille
et du jeune officier; que les idées naïves et pures

du roman étaient tout à fait les miennes, et en
débitant ces fadaises, je dévorais du regard les
charmes de mon adorable voisine ; je ne contenais
qu'avec peine les mots d'amour qui se pressaient
sur mes lèvres. Subitement, le perroquet, qui
semblait m'écouter depuis un moment, s'écria
d'une voix éclatante :

— « Mais vas-y donc, espèce de mufle ! ! ! »

V

Pendant toute la durée de mon séjour à Vichy,
et depuis mon... ou plutôt notre retour à Paris,
la jeune dame et moi faisons chaque soir notre
partie de bézigue.

Quant au perroquet, nous sommes les meilleurs
amis du monde ; il est vrai que je ne parle plus ni
d'amour platonique ni de l'abbé Constantin

UN REMORDS

UN REMORDS

A Henry GRAY.

I

La récréation venait de finir: le père Pascal agitait encore sa cloche, et déjà les élèves avaient rejoint leurs divisions respectives pour rentrer en classe, lorsqu'un surveillant arriva au milieu de la cour et appela: « Les élèves pour la première communion! » — Une cinquantaine d'enfants se détachèrent des autres, et, sous la conduite du maître d'étude, se dirigèrent vers la chapelle.

On s'installa avec bruit sur les bancs de bois, et l'on commença: c'était une séance sérieuse, défi-nitive: l'examen du catéchisme! examen travaillé depuis deux mois, moment redouté par toutes ces

jeunes têtes de onze ans; et puis, quel apparat il
y avait là, presque un tribunal: l'abbé Baliscud,
l'aumônier du lycée, un Languedocien avec un
bredouillement dans la bouche et de nombreuses
taches sur sa soutane; l'abbé Lizet, un professeur
de la maison d'Arcueil, petit, sournois, avec des
intonations de Normand; enfin, le père Bonnard,
comme on l'appelait, un gros, bon enfant, joufflu
à la Rabelais, et qui devait aimer les belles filles
et le bon vin.

Grâce au ciel et à la coutume de ces sortes d'examen, personne ne fut refusé. Avant de terminer,
l'abbé Baliscud rappela que le soir même aurait
lieu la confession générale, et qu'il fallait prendre
garde à ne rien omettre, qu'un péché mortel oublié
volontairement détruisait l'effet de l'absolution,
et qu'en outre, une communion sans l'état de
grâce était un sacrilège irrémissible, digne des
plus terribles peines de l'enfer.

Le lendemain, la retraite commençait.

II

On était en cour :

— « Allons, Herblot, joues-tu à la balle au chasseur? »

— « Non ! »

Le groupe s'éloigna en courant; Herblot s'assit dans un coin et se mit à réfléchir.

C'était un petit blondin, gentil à croquer, avec des yeux remplis de douceur comme une fillette; on sentait dans son regard que la sollicitude maternelle avait toujours dirigé ses pas; depuis deux ans qu'il était au collège, il n'avait pu se défaire d'une timidité excessive. Aussi, pour lui, la première communion était un événement capital; il s'appliquait avec force à tous les exercices religieux, ne perdant pas une parole de l'aumônier, s'extasiant devant les récits de la vie des martyrs, et bien décidé à se faire prêtre quand il serait grand. En attendant, à l'exemple des anciens chrétiens, il s'imposait des mortifications: ne buvant pas au repas du soir, malgré la soif qui lui séchait le gosier, ou bien, dans son lit, récitant des chapelets et luttant contre le sommeil qui l'envahissait.

Le petit Herblot restait donc silencieux dans son coin, et dans cette jeune cervelle se faisait un travail terrible; quoi qu'il fît, il était toujours obligé de ressasser l'idée qui le poursuivait.

Hier, en se préparant à la confession générale et en faisant la recherche de ses fautes anciennes, il s'était rappelé un péché monstrueux, énorme, qu'il avait commis deux ans auparavant, et, lorsqu'il était arrivé devant son confesseur, il n'avait

pas osé avouer son forfait. Justement, ce matin,
l'abbé Baliscud avait parlé de l'enfer, de l'éternité: « Quand, par mégarde, vous vous brûlez,
» s'était-il écrié, il vous semble qu'il n'est pas
» de plus grande douleur; cependant, ce n'est
» rien à côté des brûlures de l'enfer, et songez
» que ces brûlures dureront toute l'éternité! L'é-
» ternité!!!! Personne ne peut embrasser l'idée
» de l'éternité! Ainsi, supposez que tous les mille
» ans, Caïn verse une larme, une seule, et qu'il se
» soit écoulé un temps assez long pour que, goutte
» à goutte, les larmes de Caïn aient pu former les
» fleuves et les rivières, les mers et les océans,
» eh bien! cet énorme laps de temps n'est rien à
» côté de l'éternité!... Allez, mes enfants! »

Le pauvre petit se rappelait ces paroles, et son
angoisse augmentait; toutes les nuits, il avait
des rêves affreux; il voyait des diables danser
autour de lui une sarabande échevelée; il voyait
des flammes rouges, bleues, vertes, lécher le pied
de son lit, et monter graduellement jusqu'à sa poitrine; il se réveillait dix fois, le front brûlant de
fièvre, le corps glacé, et le matin, épuisé de toutes
ces luttes, il se disait: Il faudra que j'avoue;
mais au moment de l'aveu, le courage lui manquait, et il sortait du confessionnal plus coupable
encore qu'il n'y était entré.

Enfin, la veille de la première communion était

venue; trois fois, pendant la retraite, Herblot s'était c...essé, trois fois il avait caché son péché, entassant ainsi de nouveaux crimes sur de nouveaux crimes, et c'était demain qu'il allait recevoir le corps de Notre-Seigneur! Non, cela ne serait pas; cela ne se pouvait pas!

Il prit un grand parti, et, à l'étude du soir, il demanda au surveillant l'autorisation d'aller trouver l'abbé Baliscud. Sur son insistance singulière, le pion le lui permit.

L'aumônier n'était pas chez lui. En revenant désolé, affolé, la mort dans l'âme, ne sachant que faire, songeant même au suicide, Herblot rencontra le père Bonnard qui allait, après son dîner, fumer sa pipe dans le parc du lycée.

Il se précipita sur lui en s'écriant: « Mon père, mon père, sauvez-moi! »

— « Qu'avez-vous, mon enfant? »

— « Mon père, il faut absolument que je me confesse, voilà trois fois que je cache une faute. »

« L'abbé, intrigué de ce qui pouvait tourmenter un enfant à la figure si douce, l'emmena dans la chapelle, et là, dans un confessionnal. »

— « Voyons, mon enfant, remettez-vous. »

Le pauvre petit haletait.

— « Ainsi, vous avez reçu trois fois l'absolution sans avoir avoué votre péché? »

— « Oui, mon père. »

— « C'est donc bien grave! »

— « Oh! mon père, je n'oserai jamais. »

— « Mais si, mon enfant, il y a un Dieu rempli de miséricorde pour les plus grands coupables. »

— « C'est... »

— « Allons! »

Et d'une voix entrecoupée de soupirs et de sanglots :

— « C'est... il y a deux ans, j'étais allé me promener avec ma grand'mère... Je n'ose pas... »

— « Allons... allons ! »

— « En revenant elle me dit : Tiens-toi là, regarde s'il ne vient personne et... »

— « Et ? »

— « Et elle s'est baissée ; moi au lieu de rester tranquille, je me suis retourné, et... et... mon père, dit le petit en fondant en larmes, j'ai vu... j'ai vu le derrière de ma grand'mère! »

LE COMMISSAIRE DE POLICE

LE COMMISSAIRE DE POLICE

A MAUGÉ.

I

C'était à Trouville, l'été dernier.

Au Casino, le bal des pauvres, très brillant, se terminait par un cotillon des plus animés, et la fine fleur des jeunes gens, égayée par les flonflons de l'orchestre et le sourire des robes décolletées, ne demandait qu'à finir la petite fête par une orgie de bon ton.

Justement, dans la rue des Bains, venait de s'ouvrir un établissement exotique au premier chef, un bar anglo-américain tenu par master John Plummer, un estimable émule du célèbre Cocktail; et là, assis sur des chaises hautes d'un mètre, on pouvait déguster les boissons triturées par la main du patron.

A côté était un petit jardin délicieusement abrité, où la brise marine venait douce et caressante, où dans le grand silence de la nuit, sous les mille feux d'étoiles qui pailletaient le ciel, on pouvait boire du champagne et tenir des propos folâtres en toute tranquillité.

Donc les jeunes danseurs s'étaient donné rendez-vous dans ce petit Éden; et bientôt ils furent une vingtaine avec trois ou quatre femmes du meilleur des mondes, madame de Nerville, la comtesse de Bransk, la marquise de Lory, etc., créatures charmantes et dont les titres étaient peut-être de date récente, mais dont le caractère enjoué et les manières sans façons ne sentaient en rien la morgue de la bourgeoisie.

Aussi la gaieté avait-elle suivi la bande dans le petit jardin de la rue des Bains; elle pétillait comme le Moët et le Rœderer, elle se secouait, jetant les éclats de rire au travers des arbres endormis et le bruit des embrassades se mêlait à celui des bouchons qui sautaient en l'air comme les pétards d'un feu d'artifice.

On avait commencé par un chœur avec le soprano aigu des femmes mettant le son des cymbales sur le baryton grave des hommes; puis le rythme avait été rompu, et le chant était de-

venu un vacarme, la mélodie un hurlement, et
l'harmonie, hélas ! tout comme une vulgaire muse
antique, s'était voilée la face devant le charivari
qui régnait en maître.

Les cris d'animaux, le vent dans la cheminée,
le grincement de la guitare, la voix d'or de Baron,
le glapissement de madame X..., la douairière,
formaient un ensemble musical qui eût fait
pâmé. d'aise Wagner, Saint-Saëns et les pension-
naires de Pezon.

Bref, la tristesse aux noirs emblèmes a fui ce
galant séjour, quand, tout à coup, semblable au
spectre de Banco... *horribile visu...* comme dit
l'honnête Virgile, le commissaire de police apparut.

— « Eh ! messieurs, fit-il, avec un geste qu'eût
envié Frédérick Lemaître... ne me forcez pas à
sévir ! »

Alors Edgar Livard, un bon gros garçon, qui
avait fait sa première année de droit et que ses
camarades appelaient l'*avocat* s'approcha souriant du commissaire et lui tint à peu près ce
langage :

— « Monsieur, je comprends que le nouvel
» opéra que nous sommes en train de composer
» en la manière du *Tanhauser* et des *Maitres*
» *Chanteurs*, ait pu incommoder les Trouvillais
» et les Trouvillaises; car ce chef-d'œuvre, nous

» le destinons aux habitants d'Asnières, seuls
» capables de nous comprendre. C'est pourquoi
» nous nous excusons d'avoir fait, comme on dit
» à Boulogne, tant de potin, et pour nous prou-
» ver que vous n'avez point de rancune, veuillez
» prendre un verre de champagne... Allons,
» Renée et Léa, cessez de caqueter ainsi et écar-
» tez vos chaises pour faire place à Monsieur. »

— « Mais... Edgar... reprit Léa, je disais que
monsieur était joli garçon. »

— « Alors, très bien, mais ne sois pas trop
aimable. »

Renée s'enhardissant, se leva, s'approcha, et
tout en le frôlant de ses jupes :

— « Voyons, monsieur, restez ! ce sera le meilleur moyen de nous faire tenir sages !

— « Eh bien. soit ! un verre de champagne et
je me sauve avec la promesse que vous serez rai-
sonnables ? »

Tous ensemble répondirent :

— « Nous le promettons ! »

II

Dix minutes après, le commissaire avait à lui
seul vidé une bouteille de Rœderer : très éméché,

Il ne parlait plus de s'en aller, mais plongeait le regard dans l'entre-bâillement vaporeux qui s'ouvrait sur la gorge de Léa, en lui répétant : — « Léa, qu'tas la peau blanche ! » — Et les camarades, que rien ne retenait plus, avaient repris leur petit charivari en y joignant maintenant quelques pas appris à l'Élysée-Montmartre et à Bullier.

On s'amusait grandement et la petite noce était à son comble, quand le jour aux couleurs d'opale vint faire son entrée.

— « Tiens, fit l'un, il doit être marée basse ; si nous allions pêcher des équilles ? »

— « Ça y est, mais comment faire ? »

— « Enlevons nos chaussures et nos pantalons, nous irons en caleçon ! »

On emprunta des louchets, et toute la bande, comme de grands oiseaux des îles avec les basques des habits qui formaient les ailes, fit une lieue pour atteindre la mer.

Mais lorsqu'il s'agit d'attraper des équ'lles, ça ne mordit pas ; on blaguait trop ; on rigolait en luttinant les femmes dont les jupes relevées au-dessus du genou laissaient voir des teintes rosées tout à fait appétissantes.

On cherchait plus les mollets de ces dames que les petits poissons du sable.

— « En v'là assez, fit le commissaire qui, n'en pouvant plus s'était assis par terre, je propose

d'aller faire une bonne blague à la petite Aline
Forest qui demeure dans la rue de la Mer à côté
de la Poste. »

— « Tu la connais donc, eh ! gros farceur ! »

— « Un peu, mon neveu ! »

— « Eh ! bien et cette blague ? »

— « Laissez-moi diriger l'opération. »

On reprit la direction de la ville en clapottant
dans les flaques d'eau, en courant et en se poussant, toujours le pantalon sur le bras et le caleçon flottant au vent comme le drapeau de la légi-
timité.

On trouvait ça drôle d'avoir le derrière à l'air,
et pour rentrer dans Trouville, on ne remit point
les culottes.

Quand on fut sur la plage, sur un signe du
commissaire on enleva les gigantesques affiches
qui garnissaient les soubassements de la terrasse
du Casino, et semblables à d'énormes crabes ou
plutôt à des hommes-sandwichs, les jeunes gens
s'engagèrent dans les rues encore ensommeillées.

On s'arrêta devant la porte de la petite Aline,
on y plaqua les affiches ; mais cela ne suffisait
pas ; on alla dénicher une charrette, puis une
échelle, de vieux tonneaux, des écriteaux enlevés
aux maisons à louer, un tas de ferraille : enfin
une véritable barrière s'élevait devant la maison.

Le commissaire s'agitait, se trémoussait, ordonnait, piaillait, criait; les autres suivaient son exemple : bref la petite Aline s'était réveillée, et croyant à une attaque de malfaiteurs s'était mise à crier.

Au vacarme un agent de police s'approcha. A la vue de tous ces gens en costume de soirée et à allures incohérentes, il comprit :

— « Ah ! ça ! mes gaillards ! faites-moi le plaisir d'enlever tout ça? Est-il permis à cette heure-ci ! »

Les jeunes gens à moitié dégrisés cherchaient à s'éclipser, mais le commissaire riposta :

— « Fiche-moi la paix eh... miteux ! » Et il ajouta sur le monceau de matériaux un grand panier rempli d'ordures.

— « Vous savez, répliqua l'agent, j'vas vous f... dedans ! »

— « Moi d'dans ! j'suis le commissaire et j'vais t'faire casser. » — Et le malheureux, méconnaissable dans son bizarre accoutrement, les cheveux en broussaille, la moustache tombante, la chemise fripée, menaçait l'agent de sa culotte qu'il tenait comme une massue.

— « Allons, au bloc ! dit le gardien empoignant le commissaire qui se défendait. »

Un nouvel agent s'amena, puis deux, puis trois et, malgré les protestations des jeunes gens qui

17.

affirmaient que c'était bien le commissaire, on enleva ce dernier et on le flanqua au violon.

A peine dans le poste, l'infortuné représentant de la loi s'endormit en chantant :

> C'est Léa !
> Quelle jambe elle a !
> Ah ! Ah !

Dans la journée, force fut de reconnaître qu'on avait arrêté monsieur le commissaire de police lui-même.

Le lendemain, il donnait sa démission ; mais comme compensation le ministre de l'intérieur le nommait à Paris inspecteur des nourrices du square Montholon.

LE DERNIER AMOUR D'EUPHRASIE

LE DERNIER AMOUR D'EUPHRASIE

A Constant LAURENT.

I

Tout en haut de la rue Hauteville, dans une belle maison attenant à la place Lafayette, au second étage sur le devant, habitait mademoiselle Euphrasie Boulard.

Son appartement était coquet, élégamment orné, et ne sentait en rien le réduit d'une vieille fille, car force était d'avouer à mademoiselle Euphrasie que depuis trente bonnes années, elle avait dépassé l'âge de la chanson. Cependant chez elle, point de ces vieux meubles antiques et solennels, de ces armoires de famille, de ces fauteuils à oreillettes, de la chaufferette traditionnelle et des portraits de grands parents dans leurs cadres

noircis ; mais sur le plancher s'étalaient des tapis
moelleusement épais, au mur des tentures se
drapaient harmonieusement où le rose et le bleu
se mariaient dans un galant ensemble, des meubles bas et voluptueux, traînaient çà et là dans un
charmant désordre ; partout s'offraient à la vue
des terres cuites de Clodion, des gravures de
Watteau, de Boucher, de Lancret et de Pater ;
enfin, en face du grand lit à colonnes somptueux
comme l'autel d'une courtisane de l'antique
Rome, se dressait une magnifique reproduction
du *Baiser* de Carolus Duran, comme pour charmer
de sa lascivité le sommeil de mademoiselle Euphrasie Boulard.

Cette abondance d'images érotiques pouvait à
bon droit paraître singulière chez une vieille fille
qui comptait un demi-siècle dans ses jupes, et un
tantinet ridicule ; mais l'explication de ce choix
se découvrait dans la complexion amoureuse de
mademoiselle Boulard.

Elle était atteinte de cette terrible maladie de
l'amour.

Tout enfant déjà, elle laissait voir le germe
naissant, avec ses petites camarades, ses petits
amis, elle jouait toujours au mariage, et se faisait
faire des déclarations par les plus grands ; eux
bêtas restaient coi ; mais elle leur apprenait à
dire, à se mettre à genoux, et à prononcer : « Je

vous aime; » puis elle organisait la noce, et distribuait les rôles, naturellement, elle faisait la mariée; elle choisissait les demoiselles d'honneur le curé, le suisse; les autres étonnés ne comprenant pas bien, se laissaient faire, se laissaient mettre en rang, tandis qu'Euphrasie minaudait et se trémoussait comme une jeune épousée.

Quand elle fit sa première communion, ce fut une vraie fête; sous son grand voile avec sa robe longue, ses souliers blancs, son aumônière et son missel, elle se crut une mariée pour de bon, et quand elle se promena dans la ville, baissant modestement les yeux, sous le regard des passants, son imagination s'échauffant lui fit voir les tableaux les plus riants de la félicité conjugale.

Jusque-là cette recherche des choses amoureuses, était pour ainsi dire instinctive et inconsciente; mais l'esprit vient vite aux filles et après douze ans les jeunes demoiselles se figurent qu'elles ont un cœur capable de contenir les plus grandes passions; déjà on regarde les jeunes gens, on les observe, on les compare, et à la première moustache bien cirée, au premier veston bien coupé, le brasier s'enflamme et flambe comme un feu de paille.

Puis on grandit, on devient savante, les conversations s'en mêlent, les petites camarades deve-

nues les amies vous instruisent et on se croit
mûre pour l'amour.

Mademoiselle Boulard avait dépassé la loi commune, et Dieu sait le nombre de blonds, de bruns,
de châtains ; de grands, de petits, de moyens,
que dans sa pensée elle avait distingués et choisis
tour à tour lorsqu'elle atteignit sa vingtième
année.

Mais hélas ! Euphrasie n'était ni riche, ni jolie,
et ce n'est pas par des trésors de tendresse qu'on
remplace ceux de la terre, ni qu'on fait disparaître
devant les amoureux une bouche trop grande ou
un nez de travers.

Aussi les soupirants firent-ils grève et la malheureuse vit ses plus belles années s'écouler dans
la tristesse et le délaissement.

Que de larmes, que de sanglots, quand une de
ses amies se mariait et partait pour le joyeux
pays de Cythère ; que de soupirs, que de gémisse-
ments en pensant à ces mystères qu'elle n'entre-
verrait jamais !

Alors une rage sourde la prit, elle résolut coûte
que coûte d'entr'ouvrir le voile sacré et d'entrer
dans les arcanes de l'amour ; elle se fit coquette,
agaçante, provocante ; mais le premier élu de son
choix fut effrayé de toutes ces avances, et, comme
Achille se retira, sous sa tente.

Euphrasie ne se découragea point : ce fut un

autre qui, plus naïf, se laissa prendre dans les
filets du tendron et ne s'aperçut qu'au dernier
moment du danger qu'il courait : nouveau Joseph,
il s'enfuit, sans laisser toutefois son manteau de
la Belle Jardinière.

C'était donc en vain que la pauvre fille avait
voulu sur l'autel du dieu Eros sacrifier même sa
vertu !

Et les ans couraient toujours ! déjà le fameux
bonnet s'était appesanti sur la tête de mademoiselle Brocard ; puis la trentaine chère à Balzac
mais peu estimée des femmes ; enfin le désespoir
profond du numéro quatre, la quarantaine où
tout espoir succombe et meurt.

Et cependant Euphrasie n'avait pu calmer les
ardeurs de son sang ; si ses traits s'étaient flétris,
si les vides étaient accourus en foule, si les ron-
deurs premières avaient fait place à des vacuités,
le cœur restait toujours aussi torride et aussi
brûlant.

Elle s'était jetée à corps perdu dans la lecture
des romans ; des cabinets de lecture entiers dispa-
raissaient devant son avidité ; son imagination s'af-
folait et elle se croyait Adèle enlevée par Antony,
Fanny entre son mari et son amant, Lélia sur la
tombe de Stenio ; son cerveau bouillonnait et con-
fondait dans un horrible mélange Sand et Mon-
tépin, Dumas et Boisgobey ; et dans sa tête les

Manon, les Indiana et les Marguerite Gautier des
feuilletons à un sou, dansaient une sarabande
échevelée qui plongeaient la pauvre demoiselle
dans des extases profonds d'où elle sortait toute
brisée et encore plus assoiffée de passion.

II

Subitement une vieille tante de province, que
depuis longtemps elle ne voyait plus, mourut
sans testament, et Euphrasie se trouva à la tête
d'une fortune fort rondelette, en bonnes rentes
sur l'État et en bonnes obligations de chemins de
fer.

D'aucuns auraient remercié le ciel de ce gros
lot inattendu; au contraire cette richesse vint ra-
viver la douleur de mademoiselle Boulard. Si elle
l'avait eue vingt ans, dix ans même auparavant,
pensait-elle, elle aurait pu l'offrir à l'homme de
ses rêves, mais aujourd'hui!

C'est alors que ne pouvant avoir l'amour, elle
voulut en avoir l'image; elle ne recula devant
aucune dépense, fit venir les tapissiers les plus
coûteux qui ornèrent l'appartement de la rue
Hauteville et dans ce milieu qui lui rappelait le

cadre de ses lectures favorites, elle put enfin
calmer un peu de cette fièvre qui la dévorait.

Du reste, elle se vit bientôt entourée d'une
foule de parents qui autrefois l'avaient plaisantée
et qui devant la fortune subite de la vieille fille
étaient accourus à la conquête de ce joyeux
héritage.

D'abord mademoiselle Boulard avait eu la
pensée de mettre tout ce monde à la porte ; mais
comment résister aux prévenances et aux amabilités de neveux, de nièces, de cousins, de cousines qui, chaque jour, vous choient et vous en-
censent ; eh ! puis, la petite vanité avait sa part :
les prétendants nés malins ne manquaient pas le
compliment à brûle-pourpoint :

« Comme vous avez dû être bien quand vous
étiez jeune, ma cousine ! »

« Mais ma cousine, je pense, n'est pas encore
trop mal ! elle a toujours ses beaux cheveux ! »
et patati et patata et autres manèges de quêteurs
d'héritages ; chacun cherchait un biais pour se
rendre agréable et se mettre bien en cour.

Parmi les plus acharnés à l'œuvre se trouvait
un cousin assez éloigné : sachant que sans une
disposition formelle, il serait évincé par les proches, il mettait en avant toutes les habiletés.

Il s'appelait Philippe Louvet, marchait sur ses
vingt-cinq ans et était ouvrier bijoutier ; c'était

un mauvais garnement, une espèce de Jupillon
plus retors et plus intriguant ; travaillant rare-
ment et n'aimant que le plaisir. Ça l'embêtait de
trimer toute une journée, disait-il, pour gagner
six ou sept francs, quand il y en a d'autres qui
gagnent des mille et des cents à ne rien faire ; lui
s'il avait été riche, aurait joué à la Bourse ; aussi
l'héritage de « la vieille folle », comme il appelait
mademoiselle Brocard, lui aurait-il convenu à
merveille ; mais il avait affaire à forte partie et
la position était bien gardée ; toutefois le résultat
valait la peine de se démener et Philippe n'avait
aucun scrupule qui pût le gêner.

Quand il se rendait chez la « vieille folle », il se
faisait coquet, mettait du linge blanc, une redingote propre et apportait un petit bouquet de fleurs
selon la saison. Les autres naturellement avaient
suivi l'exemple et ne venaient point sans une
énorme botte ; mais Euphrasie n'avait pas moins
remarqué l'attention de son petit cousin. Puis
Philippe était jeune ; il n'était ni beau ni élégant,
mais il avait quelques manières, du bagout ; il
savait raconter drôlement ; il chantait la romance
avec une pointe de sentimentalité ; il savait déco-
cher un regard en dessous que de temps à autre,
il adressait à la cousine ; bref, il était constant
que Philippe gagnait du terrain.

Les autres épouvantés résolurent de détruire

tout d'un coup cette influence naissante et firent
à Euphrasie un tableau épouvantable des vices du
jeune Louvet.

Celui-ci ne manqua point de connaître la démarche de ses adversaires et activa ses opéra-
tions.

Il devint empressé, galant, charmant, mettant
en batterie toutes les ressources de son esprit : les
parents de plus en plus effrayés l'abîmaient, gros-
sissant ses frasques et répétant à la cousine que
les amabilités de Philippe ne s'adressaient pas à
elle, mais à sa fortune ; tous les jours, c'étaient
de nouvelles histoires, de nouveaux racontars ;
ils croyaient ainsi rattraper le terrain perdu,
mais ils comptaient sans le cœur d'Euphrasie. La
raison et les années l'avaient bien refroidi ce
pauvre cœur et avaient recouvert de cendres ce
feu si ardent, la première étincelle fit jaillir une
flamme et le brasier reprit son intensité.

La pauvre demoiselle avait beau se dire que
ses parents avaient raison, que Philippe n'en voulait qu'à ses écus ; le doute venait ensuite ; et elle
se disait : peut-être m'aime-t-il véritablement, et
de son côté elle s'était mise à l'aimer sérieusement, passionnément. Un incident décisif vint lui
dévoiler l'état de son cœur.

Un soir chez elle, une discussion futile s'éleva
entre Louvet et l'un des neveux ; c'était assez

pour mettre le feu aux poudres : une scène terrible éclata où tous les parents accablèrent Philippe.

Celui-ci brûla ses vaisseaux.

— « Que ma cousine décide, dit-il, ou vous ou moi devons quitter cette maison, je suis prêt à me retirer pour n'y rentrer jamais. »

Et comme Euphrasie hésitait, il s'apprêta à sortir ; quand il fut sur le pas de la porte :

— « Reste ! s'écria-t-elle. »

III

Deux mois après, on célébrait le mariage de Philippe Louvet et d'Euphrasie Boulard ; inutile de dire que la famille s'était abstenue avec ensemble.

Les premières semaines furent charmantes ; le nouveau marié, fidèle à sa politique, se montra toujours galant, toujours empressé, et ne changea en rien ses manières aimables d'avant le mariage ; il donnait aussi à Euphrasie l'illusion d'un amour partagé.

Mais un léger nuage vint obscurcir ce ciel bleu ; si, à la grande joie de Philippe, il avait été stipulé dans le contrat que la fortune reviendrait au dernier survivant, Euphrasie, encore méfiante, avait exigé le régime de la séparation de biens, et si Louvet constata au bout de quelque temps que si sa femme était toujours aussi amoureuse de lui et ne demandait que ses étreintes, il constata aussi que sa générosité n'était pas au niveau de son cœur.

En vain, dans les moments les plus doux, il fit quelques représentations, Euphrasie remettait à plus tard et exigeait de nouvelles preuves d'amour.

Philippe ne s'était point marié pour calmer les ardeurs érotiques de la « vieille folle »; mais pour vivre de la bonne vie d'un homme qui se sent de l'argent dans la poche, et jusqu'ici ses prévisions ne s'étaient point réalisées : d'un autre côté, madame Louvet, née Boulard, était bâtie assez solidement, et n'avait point du tout l'envie de quitter cette vallée de larmes qu'elle trouvait maintenant si agréable.

Devant cet état de choses, Philippe changea de tactique. Subitement, un soir qu'il avait été fort galant et que son épouse, les yeux brillants du plaisir promis, attendait avec impatience l'heure du berger, il se prétendit malade et voulut faire chambre à part; malgré les supplications d'Euphrasie dont cette indisposition ne faisait point l'affaire, il tint bon et se fit dresser un lit dans une pièce séparée, le lendemain, même jou, puis tous les jours, la pauvre Euphrasie était aux abois ; elle exigea une explication.

Philippe fut bref : il déclara que sa situation n'était point tolérable et demanda des appointements ; Euphrasie se rebiffa et refusa les subsides ; alors il continua à couper les vivres : la pauvre femme, victime de son tempérament, fut obligée de céder.

Un traité fut conclu, qui en échange de ses bons et loyaux services, dont le nombre était fixé, donnait à l'époux obligeant une pension mensuelle ; cependant, moyennant un certain prix, l'épouse pouvait s'offrir des suppléments.

Mais ce traité qui avait rendu le calme au ménage Louvet, fut la perte d'Euphrasie : un jour qu'elle avait touché ses revenus, elle fit une telle consommation de suppléments, que sa constitution n'y pût résister. On l'enterra huit jours après.

IV

Aujourd'hui, l'ancien ouvrier bijoutier est devenu Môssieu Louvet : c'est un bourgeois cossu, ayant du ventre et des principes ; il a rompu avec tous les camarades de l'atelier, des voyous,

comme il les appelle ; et ne fraye plus qu'avec des
industriels et des négociants ; on le rencontre
souvent avec la petite Z... des Bouffes, et à la
Bourse où il joue avec succès, il ne rencontre sur
son passage que des poignées de main et des
coups de chapeau.

FIN

TABLE

TABLE

FIN DE LA TABLE

F. AUREAU. — IMP. DE LAGNY.

Original en couleur

NF Z 43-120-8